『間違いの喜劇』

七五調訳シェイクスピア
シリーズ〈8〉

今西 薫
Kaoru Imanishi

風詠社

目　次

登場人物　　　　　　　　　　　　　　　　　　　　4

第1幕　第1場　公爵の宮殿のホール　　　　　　　5
　　　　第2場　市場　　　　　　　　　　　　　　12

第2幕　第1場　アンティフォラス兄の家　　　　　19
　　　　第2場　公共の場　　　　　　　　　　　　27

第3幕　第1場　アンティフォラス兄の家の前　　　42
　　　　第2場　同じ場所　　　　　　　　　　　　52

第4幕　第1場　公共の場　　　　　　　　　　　　64
　　　　第2場　アンティフォラス兄の家の一室　　72
　　　　第3場　公共の場　　　　　　　　　　　　78
　　　　第4場　路上　　　　　　　　　　　　　　84

第5幕　第1場　修道院の前の路上　　　　　　　　97

あとがき　　　　　　　　　　　　　　　　　　　124

登場人物

アンティフォラス兄	エイジーアン＆エミリアの息子 （エフェサス在住）
アンティフォラス弟	エイジーアン＆エミリアの息子 （シラクサ出身）
ドローミオ兄	アンティフォラス兄の召使い （エフェサス在住）
ドローミオ弟	アンティフォラス弟の召使い （シラクサ出身）
エイドリーアナ	アンティフォラス兄の妻
ルシアーナ	エイドリーアナの妹
アンジェロ	金細工師
バルサザー	商人
エイジーアン	シラクサの商人 （アンティフォラス兄弟の父親）
女子修道院長	女子修道院長エミリア （アンティフォラス兄弟の母親）
公爵	エフェサスの公爵ソライナス
ピンチ	医者（祈祷師）
リュース	エイドリーアナの女中
商人1	
商人2	
娼婦 獄吏 下僕 看守 処刑人 従者たち 役人たち	

場面　　　エフェサス

第1幕

公爵の宮殿のホール

（エフェサスの公爵ソライナス
エイジーアン 看守 役人たち 従者たち 登場）

エイジーアン

公爵 どうか 死刑宣告 頂いて
この世の嘆き 苦しみからは お救いを … お願いします

公爵

シラクサの 商人よ それ以上 申すでないぞ
法を曲げては ならぬから
あなたにだけと 依怙贔屓など できぬから
こうしたことの 原因は あなたの国の 公爵が
我が国の 善良な 商人たちに
悪意に満ちた 不法行為を なされたことだ
商人たちに 身代金が 足りなくて
それ故に 血をもって 支払うようにと
厳格な 法令を 実行に 移したのだぞ

こうなれば 我々の 脅威の目から

憐みの情 消え去るは 当たり前

あなたの国の 扇動的な 人々と 我々の間にと

抗争が 起こってからは 厳粛な 会議開かれ

シラクサと 我らの間 貿易の道 閉ざされた

それに加えて エフェサスの者

シラクサの 市場にと 姿見せれば 即刻死刑

シラクサ人が エフェサスの

港に来れば 同罪と なったのだ

財産は 公爵により 没収されて

１千マルク 罰金を 支払えば 死刑は免除

あなた所持する 金の額 どう高く 見積もろうとも

百マルクには ならぬだろう

それ故に 法に準拠し 死刑に 処すぞ

エイジーアン

私には 慰めが ございます

公爵さまの お言葉が 実行に 移されたなら

私の中の 嘆き悲しみ 夕陽のように 消え去るでしょう

公爵

さて シラクサの 商人よ

故郷離れて どうしてこの地 エフェサスへ 来たのかを

手短に 話すがよいぞ

エイジーアン

口にも出せぬ 悲しみを 話すことほど

辛いこと そうそうないと 思います

私の死 もたらしたもの 凶悪な 犯罪でなく

人の情 それが元だと 知って頂く ためにも是非に

悲しみが 許す限り お話しします

この私 シラクサの 生まれです

とある女と 結婚し 不運に巡り 合うことなくば

お互いに 二人楽しく 暮らせてました

度々の エピダムナム[1]への 航海で 財産も 増えました

ところが ある日 その地での 委託販売 する男 亡くなって

私の商品 管理するも 者 いなくなり

妻を残して その地に向かい 半年も 経たずして

――女が受ける 楽しい罰で 気弱になって しまったのか――

妊娠したの 知るとすぐ 用意整え 私の元に 来たのです

数ヵ月後に 妻は元気な 双子の男児 産みました

その二人 不思議なほどに 瓜二つ 何もかも 同じで

名前でも 別にしないと 区別など できないほどで

ところが さらに 同じ時刻に 同じ宿にて

身分の低い 女が双子 産みました 二人とも 男の子

両親は 極貧なので 金を与えて 身請けしてやり

息子らの 召使いにと するために 育てたのです

二人の息子 妻は自慢し 来る日も 来る日も

帰国せがんで きたのです

1　アドリア海に面したアルバニア西部の港町。

渋々 私 同意をし いそいそと 乗船したの 不幸の因(もと)で
エピダムナムの 沖3マイル そこまでは 順風満帆(まんぱん)
危険の兆候 なかったのです
でも そこから先は 希望が薄れ
真っ黒な空 かすかな光
私らの 恐怖心には 来るはずの死を 保証するだけ
この私 一人なら 苦もなく運命(さだめ) 受け入れたのが
死を前にして 悲嘆にくれて 泣く妻や
恐れるものが 何かも知らず
妻の真似して 泣き喚く 子供らを 前にして
延命の 方法を 考えざるを 得なかったのです
水夫たち 船を捨て 我先に 命からがら ボートに移り
私らに 残された道 ただ一つ
双子の兄と もう一組の 兄とを妻は
嵐のために 備えてあった 予備の小さな マストに括(くく)り
この私 弟二人 括りつけ
妻と私は マストの両端
それぞれの 子供たち 見守るように 縛りつけ
海に浮かんで 潮に乗り
コリントと おぼしき方に 流されました
やっとのことで 太陽が 海から顔を 覗かせて
私らを 苦しめた霧 蹴散らして
待ちに待ってた 光のお陰
波は静まり 穏やかな海 戻りました

8

すると間もなく 2隻の船が 我らの方に

進んでくるの 見えました

1隻は コリントの もう1隻は エピダムナムの 船でした

でも その2隻 来る前に——ああ もう これ以上… お許しを

この先は 今までの 話から ご推察 お願いします

公爵

いや 許すわけには いかないが

恩情を 示すことなら できるかも しれぬから

先を続けて 話すのだ

エイジーアン

神の赦しが あのときに あったなら

今 ここで 願わなくても 済んでいたのに…

2隻の船が あと少し そんなとき

私らの「マストの船」は 大きな岩に 乗り上げて

真っ二つにと 折れました

非道なことに 私らは 別れ別れの 運命となり

妻と私は 悲しみも 喜びも 半分ずつと なり果てて

哀れにも 妻の方 心には 重荷背負って いたはずですが

体は軽く 風に乗り 潮に乗り 速く流され

コリントの 漁師によって 助け上げられ

私の方も 別の船にと 救い上げられ

難破した 客として 丁重な もてなしを受け

先行く船を 追いかけて 妻子の確保

試みて くれたのですが

船足遅く 追いつけず 本国へ 戻った次第

このようにして 喜びからは 遠ざけられて

不運の下の 悲しい逸話 語ることにと なりました

公爵

あなたが嘆く 人たちのため 現在に 至るまで

起こったことを 詳しくお話し 願いたい

エイジーアン

末の息子で ありながら 長男として 育てた息子

18歳に なった年 兄を捜しに

同い年の 召使 従えて 旅に出たいと 言いました

本当の 長男に 会いたい気持ち 強くあり

次男失う危険など 顧（かえり）みず

許可を与えて しまったのです

この私 5年の月日 ギリシャで暮らし

アジアとの 国境を くまなく歩き

海岸沿いを 帰ろうと ここエフェサスに 辿り着き

見つかる望み ないながら 人が住む 所では

何もせず 通り過ぎたり できなくて

捜し求めて いたのです

恐らくここで 私における 生涯の 物語 終了ですね

行方不明の 三人の 消息が この旅で 分かったならば

ここで死んでも 本望だった ことでしょう

公爵

不幸なる エイジーアン

天の神 非常なる 悪運を
あなたの上に 押しつけたのか 分からぬが
国の法律 王冠や 王位にも
反することが なかったならば
本心から わしはおまえを 助けたい
だが王として それはできない
死刑宣告 なされたら
取り消すことは 不可能だ
わしの名誉を 汚すことにも なるからな
だが 情け できるだけ かけてやりたい
それでだな 商人よ 今日一日を 限度とし
生き延びるため 財政援助 求める猶予 与えよう
エフェサスの 友人 知人 訪ね歩いて
もらうなり 借りるなりして
不足の金額 埋め合わせ 死刑の罪を 免れろ
それ できぬなら 死への旅路だ
看守 この人の 身柄 おまえに 預けたぞ

看守

承知しました

エイジーアン

望みなく 助けなく 彷徨うの
命を失くす 時間ただただ 意味もなく 延ばすだけ
（一同 退場）

市場

（アンティフォラス弟 商人1 ドローミオ弟 登場）

商人1

　ご忠告です ご自分のこと

　エピダムナムの 出身と 言うのです

　そうしないなら 財産全部 没収される

　まさに今日 シラクサの 商人が

　この地に来たと いうだけで

　捕らえられ 身代金を 払えずに

　疲れ果てたる 太陽が 西に沈む そのときまでに

　法律通り 死刑執行 されるとのこと

　さあ これは お預かりした あなたのお金

アンティフォラス弟

　おい ドローミオ

　この金を持ち 我らが泊まる セントワ館に 持っていき

　僕が行くまで 待っていて

　1時間 経ったなら 食事時間に なるだろう

　それまでは この町の 様子を眺め

2　ケンタウロス　上半身は人間で、下半身は馬。半人半馬。裏の意味は「二重人格」。

　商人を 観察し 建物を 見物したい

　それから宿に 戻って眠る

　長旅で 足腰が ガタガタで 疲れ果てたぞ

　さあ早く 行ってこい

ドローミオ弟

　多くの者は お言葉通り 本当に

　どこかしらへと 行っちまいます

　そんな大金 預かったなら…　（退場）

アンティフォラス弟

　信用できる 男です

　心配事や 憂鬱になり 落ち込んでると

　面白い ジョークを言って

　僕の気持ちを 和ませて くれるんだ

　もしよかったら 僕と一緒に 町を散策 しませんか？

　それから 僕の 宿に行き 食事でも いかがです？

商人 1

　残念ですが 商人たちに 招待されて

　商売上 出席せねば ならないのです

　どうかご容赦 願います

　よろしかったら ５時頃に 市場にて お会いして

　その後は 寝る時刻まで ご一緒しても いいですよ

　目下のところ 仕事のことで 目が離せない

アンティフォラス弟

　ではそのときに また会いましょう

ぶらぶらと 町の見物 しています

商人1

心ゆくまで ご堪能 くださいね

アンティフォラス弟

ご堪能 くださいか… そう言われても 難しい

この僕は この世界では 一滴の水

片割れの もう一滴を 大海に 捜し求めて 放浪し

人知れず あちらこちらと 捜してる

自分に対し 負けてしまって

母と兄 見つけ出そうと している中で

自分自身の アイデンティティ 失くすかも しれないな

（ドローミオ兄 登場）

ああ やって来た 同年同月 同日生まれ ドローミオ

どうかしたのか?!

どういうわけで こんなに早く 戻ってきたか?

ドローミオ兄

「早く戻って きた」だって? 遅すぎですよ 戻るのが!

鶏肉は 焼け焦げて 豚肉は 焼き串からは 落ちる始末で

12時を 告げる鐘の音(ね) カンカンと 鳴り

お上さん 熱く怒って おいらの頬を 打つ始末

お上さん 熱くなるのは 作った料理 冷めたため

料理冷めたの 旦那さま 戻るのが 遅すぎたため

戻らないのは 食欲が ないためで

食欲が ない理由 朝食を 取ったため

断食と お祈りの 大切さ 知っている おいら達

旦那さま 義務の不履行 悔い改めて くださいね

アンティフォラス弟

くだらんことを 言うのはやめろ！

この質問に 答えろよ 僕が渡した 大金は どこにある?!

ドローミオ兄

ああ 先週の 水曜日 もらった大金 6ペンス

馬具屋に払う お上さんの 尻繁³の 代金ですね

支払ったので 馬具屋にはある だから おいらは 持ってない

アンティフォラス弟

僕は今 冗談聞いて 喜ぶような 気分じゃないぞ

ぐだぐだ言わず スンナリと 答えろよ

金はどこ?!

僕たちは この地の者で ないんだぞ

あれほどの 大金を 自分で保管 することもなく

よくもまあ 他人などにと 預けたな！

ドローミオ兄

冗談を 言うのなら 食事のときに 願います

お上さんの 所から 急いでここに やって来て

3　馬の尾の下に通して鞍に結んである皮紐。

15

あなた連れずに 帰ったならば
パブにある 請求書 貼りつけた 柱のように 立たされて
あんたがやった 不履行のため おいらの頭 叩かれる
おいら思うに あんたの胃袋 おいらのように
時計仕掛けで あればいい
そうしたら おいらのお迎え なくっても
一人で家に 帰れます

アンティフォラス弟

おい ドローミオ 冗談も ほどほどにしろ
今よりも 機嫌がいいとき 言えばいい
おまえにと 預けた金は どこにある!?

ドローミオ兄

おいらにだって？ そんな金 預かって いませんね

アンティフォラス弟

おい この悪党め！ バカな真似 よすがいい！
預けた金を どこへやったか!?

ドローミオ兄

このおいら やるべきことは
市場から フェニックス館 旦那の自宅
食事のために 連れ戻すだけ
お上さんと 妹さんが お待ちです

アンティフォラス弟

なあ僕は クリスチャンだぞ 正直に答えろよ
僕の金 どこにある?! 安全な 所へと 預けたか？

今すぐに言え！
さもないと 悪ふざけ 気に食わないと
浮かれ騒いだ おまえの頭 カチ割ってやる
さあ 今ここで 白状しろよ！
さっき渡した 千マルク どこにある⁉

ドローミオ兄

マーク⁴なら 旦那さまのが おいらの頭
お上さんのが 肩の上
でも 二人のものを 足したとしても 千になど ならないよ
もしそれを お返ししたら きっと我慢は できないな

アンティフォラス弟

お上さんの マークだと？ それ誰の お上さん？

ドローミオ兄

旦那さまの 奥さまは フェニックス館の お上さん
旦那さま 食事に帰る までずっと 断食だ
だからお願い 急いで食事に お帰りを！

アンティフォラス弟

何だって！ この僕を からかうなんて！
あれだけやめろと 言ったのに⁈
これでも食らえ この悪党め！ （殴る）

ドローミオ兄

どうなってるの⁈ やめてください！

4 　原典 "mark"「傷あと」。

やめないのなら 逃げるが勝ちだ （退場）

アンティフォラス弟

大変だ！ あの悪党め

騙されて ごっそり金を 奪われたのだ

噂では この町は 詐欺やペテンで 溢れてる

人の目を 騙す奇術師 人の心を 惑わせる 妖術師

体 変形 させておき 魂奪う 魔女たちや

変装してる イカサマ師 でたらめな 大道の 薬売り

悪徳をなす 者たちの 巣窟だ

知ったからには 一刻も 早くこの町 立ち去ろう

セントワ館に すぐ行って あの男 捜し出す

あの金は もうないものと 思ったほうが 良さそうだ

（退場）

第2幕

アンティフォラス兄の家

（エイドリーアナ ルシアーナ 登場）

エイドリーアナ

　夫や それに 召使い まだ帰っては 来ないよう
　ご主人を 捜すのに 急いで 使い やったのに
　ねえ ルシアーナ もう2時よ

ルシアーナ

　ひょっとして 商人の 誰かから 招待されて
　市場から お食事に 行かれたのでは ないかしら
　お姉さま そんなにも 神経を 尖らせないで
　お食事に いたしましょうよ
　男の人は 自分が主人 自由で気儘
　でも「時」は ご主人の ご主人さまよ
　「時」に従い 行ったり来たり
　お姉さま だから辛抱 しなければ…

エイドリーアナ

19

どうしてなのよ 男の自由 女のよりも 大きいの?!

ルシアーナ

男の人の お仕事は 家の外でしょ

エイドリーアナ

この私 自由にすると あの人は 気分を害す

ルシアーナ

お姉さまの 意志の手綱を お持ちなの お兄さまでしょ

エイドリーアナ

手綱によって 引き回されるの バカなロバ

ルシアーナ

勝手気儘に 自由でいると

「時」が来たなら 悲しみの鞭 襲い来る

神の下では 分限を 弁えぬもの おりません

地上 海 空にあっても それぞれの 分限を 守っています

獣や 魚や 鳥の 世界では

雄に仕えて その指示に 従ってます

人間は 神に近くて 万物の 霊長で

広い大地や 大海の 支配者であり

魚や鳥と 比較したなら 優れた知性 魂を 備えています

でも やはり 男性が 女性の主人 支配者ですわ

お姉さまの お気持ちも ご主人に 寄り添わないと …

エイドリーアナ

あなたの場合 奴隷根性 ネックとなって

いつまでも 結婚する気 起こらないのよ

ルシアーナ

　そうじゃないわよ 煩わしいの 夜のこと

エイドリーアナ

　結婚したら 気持ちも変わり 強くなるわよ

ルシアーナ

　恋する前に 従順になる 練習します

エイドリーアナ

　あなたの夫が ほかのどこかで 秘め事を 始めたら
　どうするの？

ルシアーナ

　夫の帰りを 我慢して 待ちますわ

エイドリーアナ

　動かざる 忍耐ね！
　ためらわないの 当然ね
　心配の種 ないからよ
　逆境にある 哀れな人が 泣くならば
　静かにしろと 言うけれど
　いざ自分 同じ苦痛を 味わえば
　同じほど いえ それ以上 ブツクサと
　文句たらたら 言うものよ
　あなたにしても 嘆き与える 無情な夫 いないから
　忍耐なんか 押しつけて
　それで慰め してる気で いるのです
　あなたにしても 見捨てられたり する日が来れば

忍耐の紐 プッツリ切れる ことでしょう

ルシアーナ

いつの日か 結婚は するでしょう

そのときに 試してみます

ほら 召使い 帰ってきたわ お兄さまも もうすぐよ

(ドローミオ兄 登場)

エイドリーアナ

ねえ あんた グズの亭主の お帰りはすぐ?

ドローミオ兄

いえ 2回手が出て 私の両耳 やられたのです

エイドリーアナ

どうなのよ?! 会って話は したのでしょ

そのお気持ちは?

ドローミオ兄

お気持ちは 私の耳に しっかりと

その手を使い 示されました

どういう意味か 分からない

ルシアーナ

曖昧に 話されて その意味が 理解できずに

帰ってきたの?

ドローミオ兄

いえ しっかりと 理解しました

したたかに 殴られたので
痛みのことは 分かりましたが
暴力受けた 理由ちっとも 分からない

エイドリーアナ

それでどうなの？ 帰られるのか？ 帰られないの？
妻のご機嫌 取ろうとし 躍起になって いるようだけど

ドローミオ兄

お上さん ご主人の 頭に角が 生えている[5]

エイドリーアナ

私が浮気 してるって⁉ 何てこと 言うのです！

ドローミオ兄

嫉妬の角と 違ってて 怒りの角が ニョキッとね
「お食事時間」おいらが言うと
「僕の金！」と ご主人が
「お帰りですか？」おいらが言うと
「僕の金！ 僕が渡した 千マルク この悪党め」
と ご主人が
「豚肉が焦げてる」と おいらが言うと
「僕の金」と ご主人が
「お上さんが」と おいらが言うと
「お上さんなど どうにでもなれ
おまえのお上 僕に関係 ないからな

---

5 寝取られた夫の頭に嫉妬心で角が生えると言われていた。

23

お上さんなど くたばっちまえ！」

ルシアーナ

　と 誰が言ったの？

ドローミオ兄

　ご主人さまで「家は知らない 妻は知らない

　お上さんさえ 知らない」と 言われてしまい

　私の使い 口でするはず ところが返事 肩に受け

　要するに 殴られたって ことですよ

エイドリーアナ

　もう一度 市場に行って 連れてらっしゃい

ドローミオ兄

　また行って 打たれて帰る だけのこと

　一生の お願いだから このお使いは ほかの者にと …

エイドリーアナ

　行かないと こっぴどく 私がブツよ 真横にね

ドローミオ兄

　行ったなら ご主人が 縦に打つ[6]

　それで おいらは オダブツになる

エイドリーアナ

　ブックサ文句 言わないで さっさと行って 連れ戻すのよ

ドローミオ兄

　おいらの性格 丸いので それで おいらを

─────────────

6　縦と横に殴られて、原典 "cross"（十字架）となる。それで、「アー
　メン」の祈りの印。和風に言うと「お陀仏」。

フットボールと 勘違いして 蹴り上げる？

あちらへとポイ こちらへとポイ

もっと大事に してくれないと この皮が 破れちまうよ

（退場）

ルシアーナ

そんなにも 顔をしかめて イライラしては いけないわ

エイドリーアナ

ほかの女に へつらって いい顔をして

私には 笑顔一つも 見せないわ

平凡な日々 私にあった 美しい 魅力さえ 消え去ったの?!

もしそうならば あの人のせい

私の話 つまらない？ 知性に欠ける？

さわやかで 生き生きとした 会話できない？

あの人の つれなさが 問題なのよ

ほかの女の 派手な服装 あの人を 魅了する？

それも私の せいじゃない

服装代は あの人が 決めるから

私に合った 良いものが 悪くなったの

みんな皆 あの人のせい

私の破滅 その原因は あの人にある

あの人の 優しい眼差し 戻ったならば

私は自分 取り戻し 美しくなる

あの人は 気儘な鹿よ 柵を破って 餌などは 外で取る

私なんかに 飽きてきたのよ

ルシアーナ

　自虐的 嫉妬よね 良くないわ！ そんな気持ちは 捨てないと

エイドリーアナ

　こんな不当な ことされて 黙ってるのは

　感情がない 馬鹿だけよ

　あの人の目は ほかのどこかを 向いている

　そうじゃないなら ここにいるはず

　ルシアーナ 知ってるでしょう

　あの人が 約束をした ネックレス

　それだけは 守ってほしい

　私と彼の ベッドのことも もちろんよ

　エナメル加工の 宝石も

　時が経ったら 美しさにも 翳り出てくる

　ゴールドならば 誰が触れても ゴールドのまま

　でも 目に触れられる 頻度が増せば

　ゴールドでさえ 飽きられる

　名のある者は 虚偽や不正で 辱め 受けたりしない

　私の美貌 あの人の目を 満たすこと できないのなら

　残された 涙によって 泣き続け

　涙にくれて 死にゆくでしょう

ルシアーナ

　何て多くの 人たちが 嫉妬に狂い 苦しむのでしょう！

　（二人 退場）

第2場

公共の場

（アンティフォラス弟 登場）

アンティフォラス弟

　ドローミオに 預けた金は 安全に

　セントワ館に 置いてあったな

　あの男 気遣って 僕を捜しに 出かけたようだ

　宿の主人の 話から 推測すると

　市場から ドローミオ 帰らせて

　彼と出会って 話せる時間

　そんなゆとりは ないはずだがな

　おや 向こうから やって来た

（ドローミオ弟 登場）

　機嫌はどうだ？ ふざけた気分 もう収まった？

　もう一度 打たれたいなら また冗談を 言うがいい

　セントワ館を 知らないと？ 金などは 受け取ってない?!

　お上さんが 食事に戻れ!? 家の名は フェニックスだと！

　そんな返事を するなんて 狂気の沙汰だ!!

ドローミオ弟

何の返事を？ そんなこと いつ言いました？

アンティフォラス弟

今さっき この場所で 半時間ほど 前のこと

ドローミオ弟

金を預かり セントワ館に ここから戻れと 言われてからは
お会いするのは 初めてのこと

アンティフォラス弟

金のことなど 知らないと言い
お上さんとか 食事のことを 言ったじゃないか
そのことで 僕が機嫌を 害したことは
痛いほど 分かったはずだ

ドローミオ弟

上機嫌で いらっしゃるのは 結構ですが
何の冗談 言われてるのか 知りたいですね

アンティフォラス弟

冗談と ごまかして また僕を からかうか⁉
これが冗談 そう感じるか 身をもって 分からせてやる
じたばたするな！ これでも喰らえ！ （殴る）

ドローミオ弟

やめてください お願いだから
冗談じゃなく 本気なの よく分かります
どういうつもり なのかだけでも 言ってください

アンティフォラス弟

道化とし 親しく話 してやってれば つけ上がり

　真面目に僕が 話してるのに ふざけた態度 するんだからな
　太陽が 輝いてれば うるさいハエも 遊べばいいが
　陽が陰ったら 壁の隙間に 引っ込んでいろ
　もし僕に 冗談が 言いたけりゃ
　僕のムードを 測った上で 顔つきを見て
　振る舞い方を 決めること
　そうしないなら おまえのド頭に このやり方を 叩き込む

ドローミオ弟

　ド頭ですかね それ ドつくため？
　これ アタマだと 言われるほうが 落ち着きがいい
　叩かれるなら 逃げますよ
　逃げ遅れたら 私の知恵が 頭から 叩き出される
　ところで 私 叩かれるわけ 何なのですか？

アンティフォラス弟

　その理由 分からない？

ドローミオ弟

　全く何も それなのに 叩かれて …

アンティフォラス弟

　どうしてなのか 知りたいか？

ドローミオ弟

　知りたいですね なぜなのか
　「なぜなのか」その言葉 その後に
　「だからこそ」その表現が ついてくる

アンティフォラス弟

「どうしてなのか」それが最初で
その理由——僕のこと バカにしたから
その次に「だからこそ ドツいたぞ」となる その前に
その理由「また僕を バカにしたから」こうなるのだぞ

ドローミオ弟

わけもなく こんなにひどく ドツかれた者 おりますか？
「なぜですか」と「だからこそ」とは
あまり関係 ない言葉です
それでも私 お礼をここで 言っておきます

アンティフォラス弟

何のお礼だ？

ドローミオ弟

何もないのに 頂いた 何かのお礼 なのですが…

アンティフォラス弟

次にはそれを 訂正し 何かのために
お礼は何も しないことにと してやろう
ところで今は 昼食時？

ドローミオ弟

いえ まだですね 肉はまだ おいらのように なってない

アンティフォラス弟

また言うか？ 何のこと？

ドローミオ弟

焼き目入って いませんからね

アンティフォラス弟

　生肉と いうのだな

ドローミオ弟

　だから それ 食べないで

アンティフォラス弟

　どうしてだ？

ドローミオ弟

　旦那さま 短気にしない ためであり

　また叩いたり されないためで…

アンティフォラス弟

　冗談は 僕の機嫌が いいときに やってくれ

　あらゆることに「時」がある

ドローミオ弟

　旦那さま ご機嫌斜めで ないのなら

　そうでもないと 言えたのですが…

アンティフォラス弟

　どういうことだ？

ドローミオ弟

　簡単なこと 時の神様 禿頭 見て分かる 聞いても分かる

アンティフォラス弟

　聞かせてもらおう

ドローミオ弟

　自然に抜ける 髪の毛を

　「時」により 取り戻す 方法などは ありません

アンティフォラス弟

金を払って 回復する手は ないものか？

ドローミオ弟

　　カツラ屋にでも 金を払って

　　誰かの毛 もらうしか 手はありません

アンティフォラス弟

　　髪の毛は いくらでも 生えるもの

　　それなのに どうして時は 髪の毛だけに ケチなんだ？

ドローミオ弟

　　神様は 獣に 毛を与え 髪の毛の 少ない人に

　　知恵を お与え なったのですよ

アンティフォラス弟

　　だが 知恵よりも 毛が多い 人間が この世には 溢れてる

ドローミオ弟

　　そんな人でも どうしたら 毛が抜けるのか

　　それ知るほどの 知恵はある[7]

アンティフォラス弟

　　毛の多い 人間は 知恵がなく 平凡と いうことか?!

ドローミオ弟

　　平凡で あればあるほど 毛が抜ける

　　でも 抜けたとしても 悔いたりは しないもの

アンティフォラス弟

　　その理由 何なのだ?!

_____

7　梅毒に罹ると毛が抜け落ちるとされていた。賢明ならば、そんな
「冒険」に出かけない。

32

ドローミオ弟

二つあり 二つとも 健全な 理由です

アンティフォラス弟

健全な 理由では ないほうがいい

ドローミオ弟

では 確実な 理由では？

アンティフォラス弟

不確かなのに 確実は ないだろう

ドローミオ弟

では 必然的な 理由です

アンティフォラス弟

その二つ 言ってみろ

ドローミオ弟

一つ目は 散髪代の 節約ですね

二つ目は 食事の際に スープには 毛など落ちない

アンティフォラス弟

あらゆるものに タイミング 必要なこと

証明するんじゃ なかったのか？

ドローミオ弟

しましたよ トリミング したくても

タイミング 悪ければ 時すでに 遅しですから

アンティフォラス弟

トリミングと タイミング 形だけは 整ってるが

実質的な 関係は 非常に 薄い

ドローミオ弟

　それならば 言い直します

　時の神様 毛がなくて そのせいで

　信者みんな けなげにも ハゲ増し合って 慰め合って…

アンティフォラス弟

　励んでも 励ましようのない 結論だ

　だが待てよ! あそこに来るの 誰なんだ?

　(エイドリーアナ ルシアーナ 登場)

エイドリーアナ

　ほらほら やはり アンティフォラスは

　知らぬ素振りで 顰め面

　エイドリーアナ 名を失くし 妻の地位さえ 失くしたわ

　昔 あなたは 乞われなくても こう言ったわね

　「どんな言葉も あなたのほどは 心地良く 響かない

　あなたの眼差し 心を溶かす

　あなたの手ほど 優しい手など 触れたことない

　料理にしても あなたのものが 一番です」と

　私の言葉 眼差しや 毛の感触や 料理など

　褒められたこと あったのに

　どうして今は こんなになって しまったの

　ねえ あなた ご自分を どうして疎外 なさっているの?

　私はあなたの ベターハーフ

切っても切れない　仲なのですよ

切ろうとなどは　なさらないでね

お互いを　切り離すのは　できないことよ

大海に　滴り落ちた　一滴の水

増減もなく　拾い上げるの　無理なよう…

この私　浮気したなど　お聞きになれば

身を切るような　感覚を　味わわれるで　ありましょう

あなたにとって　神聖な　この体

穢（けが）された気に　なられるはずよ

私に向かい　唾を吐き　足蹴にし

夫としての　体面を　傷つけられて

怒鳴り散らして　娼婦の肌を　引き破り

偽りの　結婚指輪　引き抜いて　離婚宣言　申し渡して

床にそれ　叩きつけ　壊してるはず

あなたなら　それができるわ　きっとそう　なさるでしょう

この私　情欲に　取り憑かれ

私の血　欲望の罪　入り込んでる

私たち　一体なのに　ほかの誰かと

あなたが結び　合ったなら

その毒で　私の体　侵されて　私　娼婦に　なりかねないわ

だからお願い　夫婦のベッドで

二人仲良く　慎み深く　してましょう

そうすれば　私　穢れず　あなたの名誉　傷つきません

アンティフォラス弟

失礼ですが あなたとは 初対面です
エフェサスに来て まだ2時間で
町のこと あなたの話 チンプンカンプン
知恵を絞って あなたの言葉
一言一句を 理解しようと 努めてますが
知恵の不足か 一語たりとも 分からずじまい

ルシアーナ

まあ お兄さま 一体 あなた どうなされたの?
姉に対して そんな態度を されたこと ありますか?
姉はドローミオ 使いに出して
食事の用意 整ったこと 伝えましたね

アンティフォラス弟

ドローミオだって?

ドローミオ弟

おいらです?

エイドリーアナ

そう あなた 使いから 戻って来たら
「ご主人に 殴られた」
「殴りながらも 家は知らない 妻も知らない」
そう言われたと 言ったわね

アンティフォラス弟

このご婦人と おまえは前に 話したことが あるんだな⁈
どんな密約 結んでた?

ドローミオ弟

おいらがですか？

今の今まで こんなお方と お会いしたこと ありません

アンティフォラス弟

この嘘つきめ！ このご婦人の 言われた言葉

おまえは僕に 市場で確か 言ったはず

ドローミオ弟

この方と 誓って 話 したことなどは ありません

アンティフォラス弟

そうならば この女性 なぜ僕たちの 名前など

知っているのか？

霊感が 働いたとか 言うのかい?!

エイドリーアナ

ご自分の 立場など わきまえず

召使いなど 悪巧み 引き入れて

私を挫折 させる手段に 使うとは⁉

私のことを 疎ましく 思われるのは

私にも 非があることと しましても

蔑まれるの 納得が いきません

ねえ あなたの袖に この私

すがりつかせて くださいません？

あなた 楡の木 私は蔦よ

私の弱さ あなたの強い 幹と結ばれ

私の生きる 力しっかり 生まれくる

私から あなたのことを 取り上げようと するものが

現れるなら それみんな屑 邪（よこしま）なつる イバラや苔（こけ）

剪定（せんてい）されず 伸び放題で あなたの生気 毒気で汚し

あなたの心 惑わせようと しているのです

アンティフォラス弟

＜傍白＞ この女性 この僕に 話しかけ

僕の愛 取り戻そうと 努めてる

どういうことだ？ 彼女と僕は 結婚したか？ 夢の中

いや 今の今 夢を見ていて

こんな話が 聞こえていると 思ってる？

どんな間違い 我々の 視覚 聴覚 狂わせるのか？

不確定性 確定させる まで少し

降って湧いた 不可思議な この間違いを 楽しんでみる

ルシアーナ

ドローミオ 先に帰って 召使いらに 食事の用意 させなさい

ドローミオ弟

神に誓って この土地は 魔界の国だ

ああ 悩みの種が 花開く

おいら達 話してる 相手なんかは

小悪魔や フクロウや 妖精だ

従って おかないと その仕返しに

息の根を 止められるのか

黒アザや 青アザが できるまで こっぴどく つねられる

ルシアーナ

どうして一人 ブツクサと 独り言 言い 返事しないの？

役立たず 怠け者 のろまであって 大酒飲みよ

ドローミオ弟

ねえ 旦那さま おいらのどこか 変わりましたね

アンティフォラス弟

心のどこか 変わったようだ 僕も同じだ

ドローミオ弟

いえ 旦那さま 外見も

アンティフォラス弟

外見は 前のままだね

ドローミオ弟

猿にでも 変身ですね[8]

ルシアーナ

変身するなら あなたなんかは さしずめ ロバね[9]

ドローミオ弟

おっしゃる通り おいらの背中 彼女乗り

おいらは草を 追っかける

そう そうだから おいらロバ 絶対にロバ！

あの人が おいらのことを 知っているのに

あの人を おいら知らない あり得ない

エイドリーアナ

さあ もう行きましょう

目頭押え 涙こらえて 耐え忍ぶ

---

8 「人真似をする」の意味。

9 「馬鹿」の意味。

そんな愚かな 振る舞いは やめますわ

召使い 主人など 悲嘆にくれた 私のことを 嘲笑うのに

さあ あなた お食事に

ドローミオ あなた 門番

今日は ２階で お食事をして

いくらでも あなたのグチを 聞いてあげるわ

ドローミオ 誰か訪ねて 来たのなら

外食中と 言っておき 誰も中には 入れないで

ルシアーナ さあ 行きましょう

ドローミオ 門番は 任せましたよ

アンティフォラス弟

＜傍白＞ この僕は 地上にいるか？

天国？ 地獄？ 寝ているか？ 覚めているのか？

狂っているか？ 正気なのか？

みんなには 分かっているが 僕だけに 分からない

口合わせ しているほうが 無難なことだ

霧の中 冒険の 始まりだ

ドローミオ弟

旦那さま おいら 門番？

エイドリーアナ

そうですよ 誰も入れては なりません

入れたりしたら 打つからね

ルシアーナ

さあ お兄さま お食事が こんなに遅く なりましたわね

（一同 退場）

第3幕

アンティフォラス兄の家の前

（アンティフォラス兄 ドローミオ兄 アンジェロ
バルサザー 登場）

アンティフォラス兄

　なあ アンジェロ 口添えを お願いしたい
　僕の妻 時間厳守を しないのなら 口やかましく 機嫌が悪い
　贈るつもりの ネックレス
　その出来具合 じっくりと 眺めていたら 遅くなった
　その品は 明日あなたが 届けると 言ってください
　だが ここにいる 召使い 悪党で
　とんでもないこと 言うんです
　市場で会って この僕が 殴ったり
　千マルク 手渡したとか 妻や家など 知らないなどと
　この酔っ払い どういうつもりで 言ったのだ?!

ドローミオ兄

　何と言われて 責められようと 事実は事実

市場にて おいらを打った 手は 旦那さまの

手であって その手が証拠

おいらの肌が 羊皮紙で 旦那さまの手 インクなら

旦那さまの そのサイン おいらの話の 証拠だよ

アンティフォラス兄

僕が思うに おまえはロバだ

ドローミオ兄

実際に そのようですね ひどい罵倒や 暴行受けて

足蹴にされたら 蹴り返すべき

通るときには 足先は避け ロバにご注意

アンティフォラス兄

バルサザー 気が滅入ってる 様子だな

元気を出して 僕の気持ちも 分かってくれよ

心から 歓迎するよ

バルサザー

ごちそうなどは なくても同じ あなたの歓迎 至福の時間

アンティフォラス兄

バルサザー 肉か魚か 分かりませんが

美味しい料理 一つだけでも

テーブルに 歓迎の意は 溢れてる

バルサザー

良い肉などは どこにでもある

育ち卑しい 男でも 食べられる

アンティフォラス兄

歓迎の 言葉にしても ありふれている
だって それ ただの 言葉だ

バルサザー

ささやかな ごちそうと 盛大な 歓迎あれば
楽しい宴と なるでしょう

アンティフォラス兄

ケチな主人と 慎ましやかな 客とでは…
美味なるものは 少しでも
その良きところ お召し上がりを
より良い珍味 ほかにあっても より良い心 ほかにない
あれっ おかしいな 門には鍵が かかってる
すぐに開けろと 叫ぶんだ！

ドローミオ兄

モード ブリジッド マリアン シセリー ジリアン ジン！

ドローミオ弟

(奥で) バカ者 頓馬 ぼんくら 間抜け おたんこなすめ！
門からは 離れてろ それが嫌なら くぐり戸で 座ってろ
一人でも 多すぎるのに 女の名前 次々に 言い出して
そんな者らを 呼び出す気かい？
絶対に 門のそばには 近づくな！

ドローミオ兄

どこの間抜けが 門番を してるんだ？
ご主人を 路上などにと 放り出し！

ドローミオ弟

(奥で) 足に風邪 ひかせたく ないのなら

来た道を とっとと帰りゃ いいんだよ

アンティフォラス兄

中で話すの 誰なんだ？

おい 開けろよ 門を！

ドローミオ弟

(奥で) 聞こえてる！ 開ける理由を 言ったなら

開けるのいつか 言ってやる

アンティフォラス兄

理由だと？ 昼食だ まだ食べてない

ドローミオ弟

(奥で) 今日 ここは 絶対だめだ

またの機会に 来るがいい

アンティフォラス兄

この僕の 家から僕を 追い出すなんて 何者だ⁉

ドローミオ弟

(奥で) 目下のところ 門番で おいらの名前 ドローミオ

ドローミオ兄

この悪党め おいらの仕事 おいらの名前

その両方を 盗んだな

仕事では 叱られて 名前では 殴られて

おいらの代わり 今日ドローミオに なるのなら

変装しろよ そうしないなら おまえの名前 ロバとなる

（リュース 登場）

リュース

（奥で）ドローミオ 何かあったの⁈
門の外にと 来てる人たち 誰なのですか？

ドローミオ兄

リュース！ 旦那さま 中に入れろよ

リュース

（奥で）それはだめです 遅すぎよ
旦那さまには そう伝えたら…

ドローミオ兄

全くこれは お笑いですね
それならば 決まり文句で 言うからな「ただいま」と

リュース

（奥で）文句じゃないが 返事する「ただじゃないわ」と
別の機会に また来てね 分かったでしょう

ドローミオ弟

（奥で）あんたの名前 リュースなら——
リュース あんたの返事 絶妙だ

アンティフォラス兄

聞こえるだろう？ 当然中に 入れるんだな

リュース

（奥で）もう返事 いたしましたが…

ドローミオ弟

だめだって 言ったよな

ドローミオ兄

それならば しかたない 門なんか 壊しましょうよ

「やられたら やり返す」精神で

アンティフォラス兄

アバズレ女 中に入れろよ

リュース

（奥で）誰のため？

ドローミオ兄

旦那さま 門を激しく 叩きましょう

リュース

（奥で）門が痛いと 悲鳴を上げる ときまでも

叩かせて おきましょう

アンティフォラス兄

門などを 叩き壊すと ギャアギャアと

騒ぎ立てるに 違いない

リュース

（奥で）何でそこまで する必要が あるのです？

風来の お二方

エイドリーアナ

（奥で）門の所で 騒音を 立てている人 誰ですか?!

ドローミオ弟

（奥で）実際に この町は チンピラどもが うろついている

アンティフォラス兄

おい おまえ 僕の妻 そこにいるのか？

早くここへと 来てほしかった

エイドリーアナ

（奥で）「僕の妻」?! 何てそれ 厚かましいの

どこかにお行き！ 門から早く！

ドローミオ兄

厚かましいと 言われ傷つく 旦那さま

ごろつきと 言われて しょげる 召使い

アンジェロ

ごちそうなしで 歓迎なしで 両方ともに なさそうですね

バルサザー

どちらがいいか 議論する間に どちらも逃がし お先真っ暗

ドローミオ兄

みんなを門に 並ばせて 出迎えるよう

お命じに なっては いかが？

アンティフォラス兄

僕たちが 入れない 何かおかしな 風が吹いてる

ドローミオ兄

薄着なら そう言われても 納得できる

旦那さまの 温かい お食事は 家の中

旦那さま ご自身は 寒気の中で

何てこと 人間を 鹿肉扱い するようなもの

アンティフォラス兄

何か道具を 持って来い この門を ぶち壊す

ドローミオ弟

　(奥で) 壊せるのなら 壊してみろよ

　そんなことすりゃ そいつの頭 ぶち壊す

ドローミオ兄

　口でなら 何とでも 言えるもの

　言葉など 実態のない 風の如しだ

　学校の門 校門と言う そんな門 壊しはしない

　壊す門 僕の門 おまえが見てる その前で 壊してみせる

ドローミオ弟

　(奥で) 何が何でも 壊すなら 世間に恥を 晒すこと

ドローミオ兄

　「恥晒し」門外で 多すぎる 頼むから 門内に 入れてくれ

ドローミオ弟

　(奥で) 鶏の 羽がなくなり 魚の鰭(ひれ)が 取られた後で…

アンティフォラス兄

　しかたない 壊して入る バールを借りに 行ってこい

ドローミオ兄

　羽のない バード[10]です? 羽のない 鳥のことです?

　ヒレのない 魚のように…

　カラスでも 間に合うのなら

　カラスの羽を むしり取ります?

アンティフォラス兄

10　原典 "crow" (カラス) "crow bar" (バール) シェイクスピアのしゃれ。

さあ早く行き バールを借りて 持ってこい

バルサザー

　　ご辛抱 願います そんなこと してはだめです

　　あなたの名誉 だけでなく

　　汚れなき 奥さまの 名誉にも 傷がつきます

　　経験により 奥さまの知恵

　　彼女の美徳 成熟さ 慎ましやかさ ご存知のはず

　　あなたには 分からない わけがあり

　　何らかの 意志表示 されてます

　　なぜだか門が 閉じられて あなたが中に 入れない

　　その理由 説明が あるでしょう

　　今のところは 私の指示に 従って 我慢して ここを去り

　　タイガー亭に 行くことにし

　　そこで食事を いたしましょう

　　夕方にでも お一人で お帰りに なったなら

　　変な追い出し 理由など 分かるはずです

　　人通りある 日中に 力づくで 押し入ったなら

　　低俗な 噂が流れ

　　傷一つない あなたの評価 下がります

　　悪評は あなたの死後も 墓の中にと 入り込み

　　語り継がれる ことになります

　　悪評などが 棲み着くと 出ていったりは しないもの

アンティフォラス兄

　　おっしゃる通り 穏やかに ここからは 離れます

騒ぐ気に なれないが 陽気にやろう

実のとこ 話上手な 女だし 可愛くて ウイットに富み

派手なところも あるのだが

しとやかな その娘の店で 食事をしよう

その娘のことで――言いがかり つけられて――

妻はガミガミ がなり立て 僕は閉口 しています

その店がいい（アンジェロに）家に戻って

ネックレス 取ってきて もらえませんか?

もう今頃は 出来上がってる はずですね

ヤマアラシ亭に 持ってきて もらえます?

その娘の店の 名前です 妻に対する 腹いせに

ネックレス その娘にやって しまおうと 思っています

どうか急いで くださいね

我が家の門を 閉ざされたから ほかの門 叩いてみます

この僕を 受け入れるのか 確かめるため

アンジェロ

では その店で お会いしましょう

アンティフォラス兄

では そのときに とんだ出費と なったよな　（一同 退場）

（ルシアーナ アンティフォラス弟 登場）

ルシアーナ

　それではあなた 夫としての 務めすっかり

　お忘れに なられたの？ アンティフォラス

　愛の花 咲く頃なのに 咲く前に 枯れてしまうの？

　愛の館を 建てる最中 もう壊し 始めるの？

　結婚が 財産目当て だったとしても

　姉の豊かな 財産故に

　姉に優しく 接してあげて 頂けません？

　好きな人 できたのならば 姉に分からぬ 工夫をし

　こっそりと してあげて 偽りの 愛であっても

　優しく そっと ブラインド 降ろしてあげて

　真実を 隠してあげて くださいね

　決して秘密 口に出したり しないこと

　優しい笑顔 温かい 言葉など 必要なのよ

　悪徳に 美徳の衣装 着けてやり

　心に濁り あったとしても さわやかな風<ruby>風<rt>ふう</rt></ruby>

　装って くださいね

　罪悪に 聖者のような 身のこなし 覚えさせ

不正は隠し 通すもの

姉に知らせる 必要なんか ありません

取った物 自慢するのは 頭が悪い コソ泥だけよ

ベッドでの 裏切りを

食事のときに 気づかせるのは 倍ほど罪よ

恥ずべきことも うまく隠せば 問題は 起こりませんね

悪い行い ひどい言葉で その悪が 倍増するわ

ああ 哀れな女性 私たち 愛されてると 信じたいのよ

ほかの女性を 腕に抱いても

袖だけは 私たちにも 見せてください

私たち 男性の 思うがままに 動くもの

お兄さま だから奥へと お入りになり

姉を慰め 元気づけ 妻と呼び 安心させて あげてください

ほんのわずかな 言葉の綾で 諍いが

修復すると いうのなら

些細な嘘も 聖なるものと なるでしょう

アンティフォラス弟

美しい お嬢さま——そう呼ぶだけで

名前など 知らぬのに

どうして僕の 名前を知って いるのかも

分からずにいる——

それなのに あなたはすべて 知っていて

その優雅さは この世の奇跡 稀に見る 美しさ

あなたの話 どう考えて

どのように 話せばいいか 分からない

貧弱で 浅はかで 間違いをする 弱い頭の この僕に

あなたの話す 言葉の裏に 隠された意味 理解できない

どうしてあなた 未知の世界に 僕を連れ出し

彷徨わせようと するのです？

あなたは女神？

この僕の 創り直しを するのです？

そうならば この僕を 新たな僕に してくれません？

あなたに従う 僕となります

でも僕が 今のままなら

泣いている あなたの姉は 僕の妻では ありません

彼女のベッドに 寄り添う義務は ないのです

僕の心は ずっと深く あなたのほうに 傾いてます

ああ 愛しの人魚 あなたの調べで この僕を

あなたの姉の 涙の海で 溺れさせたり しないでほしい

歌えよ 人魚 自分のために

そうすれば この僕は 歌に酔いしれ

白銀の 寄せる波間に 黄金の あなたの髪を 敷きつめて

それを寝床に 横になり

逞しい 空想の 世界にて あなたをじっと 抱きしめる

意味のある死を 死の中に 見出すことが できるのだ

軽い恋なら 浮けばいい 重い恋なら 溺れゆけ

ルシアーナ

どうなさったの？ 気でも狂って？

どういうわけで そんなこと おっしゃるの?

アンティフォラス弟

気は狂っては いませんが 恋狂いです

どういうわけか 分かりませんが…

ルシアーナ

きっと目の 錯覚ですわ

アンティフォラス弟

あなたから来る 太陽の 輝き見つめ 視覚が狂い…

ルシアーナ

見つめるべき 人に焦点 当てたなら きっと視覚は 戻るはず

アンティフォラス弟

闇を見るなら 目を閉じますね 愛しい人よ

ルシアーナ

私のことを 愛しい人と なぜ呼ぶのです?

私の姉に そう言って あげてください

アンティフォラス弟

お姉さまの 妹に

ルシアーナ

いえ 姉に

アンティフォラス弟

いえ あなたです 僕にない 最良の 心があって

澄んだ瞳は 心の支え

僕の運命 僕の希望で 僕の地上の 天国で 唯一のもの

ルシアーナ

それすべて 姉のもの そうあるべきよ

アンティフォラス弟

　ご自分を 姉と思えば いいのです

　僕はあなたを 愛しています

　あなたと共に 人生を 歩みたい

　あなたには 夫はいない 僕には妻が いないのだから

　さあ あなたの手 この僕に

ルシアーナ

　何ですって?! だめよ それ! お待ちください

　私は姉を 呼んできますわ 姉の気持ちを 聞かないと…

　(退場)

　(ドローミオ弟 急いで 登場)

アンティフォラス弟

　どうかしたのか? ドローミオ

　そんなに急いで どこへ行く?

ドローミオ弟

　おいらのことを ご存知で?

　おいら ドローミオ? 旦那さまの 召使い?

　おいらはおいら?

アンティフォラス弟

　おまえ ドローミオ 僕だけの 召使い おまえはおまえ

ドローミオ弟

　おいらはロバだ おいらはね どこかの女の 夫だよ
　おいらじゃないよ

アンティフォラス弟

　どこの女の 夫であって おまえでは ないんだね

ドローミオ弟

　実際に 知らないうちに
　どこかの女の 亭主になって いたのです
　自分のものと 言い張るし
　追いかけて 捕まえようと するのです

アンティフォラス弟

　どんな理由で 自分のものと 言うのかい？

ドローミオ弟

　自分の馬に 持つ理由とは 同じもの
　おいらのことを ロバ扱いだ
　おいらが頓馬 それが理由じゃ なさそうで
　とにもかくにも この女 あばれ馬的 人間で
　おいらに対し あれやこれやと 命令下す

アンティフォラス弟

　どんな女だ？

ドローミオ弟

　ご立派な お体で 本当に そうなんですよ
　「ご立派さま」 と 呼びかけないで
　うかつに話 できそうじゃない 方でして
　結婚なんか していたら おいらの運は 先細り

見るからに ドデカく太い 結婚ですね

アンティフォラス弟

太い結婚？ どういうことだ？

ドローミオ弟

そのことですが 脂ぎってる キッチン女 太っちょで
あんなに体 脂肪をつけりゃ 役に立つのは
あの女から 逃げるとき その油 使ってランプに 火をつけて
トンズラできる ことぐらい
太っちょの ボロ服と その脂肪 燃焼させれば
ポーランドにて 越冬できる ことでしょう
世界の終わり 来たならば 全世界 燃え尽きた後
あの女だけ 一週間は 燃え続けます

アンティフォラス弟

肌の色 何色だ？

ドローミオ弟

おいらの靴ほど 浅黒いけど
顔はこれほど きれいなんかじゃ ありません
大汗をかき 滴り落とし その上を 歩いたら
靴がヌルッと 滑るほど

アンティフォラス弟

顔の汗 水で洗えば 済むことだ

ドローミオ弟

いえ それが 肌の奥まで 染み込んでます

　ノアの洪水 起ころうと 落ちないですね

アンティフォラス弟

　名前は何だ？

ドローミオ弟

　ネルですが 縦も横でも 同じ太さで

アンティフォラス弟

　そんなにも 太ってるのか？

ドローミオ弟

　頭から 足までと 腰回り 同じ長さで

　地球のように 球体ですね

　体には 世界各地が 見られます

アンティフォラス弟

　では その体 どこの所が アイルランドだ？

ドローミオ弟

　それはヒップで ボッグ[11]あるから

アンティフォラス弟

　スコットランドは？

ドローミオ弟

　荒れ地など 硬くなってる 手のひらですね

アンティフォラス弟

　フランスは？

ドローミオ弟

11　原典 "bog"「湿地 / 沼地」裏の意味「トイレ」。

額です ヘアー[12]が絡み お互いに 押したり 引いたり

アンティフォラス弟

　　　イングランドは？

ドローミオ弟

　　　白い断崖 探したが 体には 白い所は まるで無し
　　　恐らくそれは 顎(あご)ですね
　　　フランスと 顎との間
　　　塩っぱい 鼻水が 海峡の 水のよう 流れてました

アンティフォラス弟

　　　スペインは？

ドローミオ弟

　　　実際それは 見えません
　　　熱い吐息に スペインを 感じましたが

アンティフォラス弟

　　　アメリカや 西インド 諸島らは？

ドローミオ弟

　　　鼻の先です ルビーや ザクロ石 サファイアで
　　　飾り立て スペインの 吐息の方へ 垂らすので
　　　スペインは 大艦隊を 派遣して 鼻にバラス[13]を 詰め込んだ

アンティフォラス弟

12　原典 "heir"（エア）「跡継ぎ」と "hair"（ヘア／エア）「髪の毛」と同
　　音。1589〜1593年にかけて、フランスではカトリック派とプロテス
　　タント派が王位継承権を争い、内紛があった。
13　船を安定させるため底荷。

60

ベルギーや オランダは?

ドローミオ弟

ああ 旦那さま おいら それほど 低地帯まで 見てません

結論を 言いますと キッチン女か 魔女なのか

わけの分からぬ この女 おいらのことを

自分の男と おぬかしになり ドローミオと 呼び捨てで

夫婦の契り 交わしたと言い

おいらの体の 誰も知らない 特徴の

肩のあざ 首のホクロや

左腕の 大きなイボを あげつらうので

びっくりし 魔女からは 一目散に 逃げ出しました

おいらの心 信心と 鋼<ruby>鋼<rt>はがね</rt></ruby>のような 気持ちがなけりゃ

おいら今頃 <ruby>尻尾<rt>しっぽ</rt></ruby>切られた 犬に変えられ

重労働を させられて いたはず

アンティフォラス弟

急いで走り 港から 風が外洋 方向に 吹いているなら

この町からは 出て行こう

もし船が 出るのなら 市場に来いよ

戻ってくるまで 待っている

僕たちは 知った人など 誰一人 いないのに

みんなが 僕たち 知っている

走っていって 荷物をまとめ 逃げ出そう

ドローミオ弟

熊から人が 命からがら 逃げるよう

おいらの妻と いう女から 一目散に 逃げ出そう　（退場）

アンティフォラス弟

ここに住むのは 魔女ばかり 逃げるが勝ちだ

この僕を 夫だと 言う女いて

あれが妻だと 思っただけで 反吐が出る

だが妹は 優しくて 気品があって 美人ときてる

魅力ある 姿の上に 話が上手 あわや自分を 忘れるところ

もう二度と 過ちを 起こさぬために

人魚の歌に 耳塞ぐ ことにする

（ネックレスを持ったアンジェロ 登場）

アンジェロ

アンティフォラスさま

アンティフォラス弟

はい 私の名です

アンジェロ

そんなこと よく存じ上げて おりますよ

はい これが ネックレス

ヤマアラシ亭に お届けに 上がるつもりで いましたが

仕上がりに 手間取って こんなに遅く なりました

アンティフォラス弟

僕にこれ どうしろと おっしゃるのです？

アンジェロ

お気に召すまま 注文通り 作ったのです

アンティフォラス弟

注文したって? そんなもの 頼んでません

アンジェロ

一回や 二回では ありません 何十回も おっしゃいました

お宅にそれを 持ち帰り

奥さまの 喜ぶ顔を 見られたほうが いいのでは

夕食時には お伺いして 代金は そのときに 頂きましょう

アンティフォラス弟

それは今 お受け取り 頂けますか

そうしないなら ネックレスも 代金も

失くしてしまう かもしれません

アンジェロ

冗談が お上手ですね では そのときに

(ネックレスを渡し 退場)

アンティフォラス弟

このことは どう考えりゃ いいのかな? わけが分からん

こんな立派な ネックレス上げると言われ

断ることは ないだろう

この町の 人たちに 財力があり

通りすがりの 人にまで 高価な物を 上げるのだろう

市場に行って ドローミオ 待つことにする

船が出るなら すぐに乗る (退場)

第4幕

（商人2 アンジェロ 獄吏 登場）

商人2

五旬節が 返済期限[14]

その後も 返済を 迫ったり しませんでした

今だって したくはないが

ペルシャへの 旅費が必要 なのですよ

だから今すぐ ご返済 願います

さもないと この役人に あなたの身柄

引き取って もらわねば なりません

アンジェロ

お借りした ちょうど その額

アンティフォラスに お支払い 頂くことに なってます

あなたにここで お会いする 直前に

14　復活祭後の第七日曜日（五月下旬～六月上旬）。

あの方に ネックレス 渡したのです
5時頃に その代金を 頂くことに なってます
あの方の お宅まで どうか同行 願います
返却し その際に お礼など 申し上げます

([ヤマアラシ亭から] アンティフォラス兄
　ドローミオ兄 登場)

獄吏
手間が省けた その本人が やって来た
アンティフォラス兄
金細工師の アンジェロの 家にこれから 行ってくる
おまえはロープ 買ってこい
昼間に僕を 閉め出した 妻と仲間を
一網打尽に してやるからな
ああ あそこ！ アンジェロがいる
さあ早く行け ロープを買って 家で待ってろ
ドローミオ兄
どえらいことに なりそうだ…
承知しました 買ってきますよ
アンティフォラス兄
あなたのことを 信用し 計画が 台無しに なりました
ネックレス 持ってくるとの 約束だった
ネックレスも あなたも来ない

我々の　友情が　長すぎて

　　拘束と　感じ始めて　それ故に　来なかったのか？

アンジェロ

　　もう冗談は　よしてください　これがその　請求書です

　　最高の　品質で　金さえも　手際よく　施され

　　洗練された　細工がなされ

　　この方に　借りている　額よりも

　　３ダカットは　高くなって　おりますが

　　どうか今すぐ　お支払い　頂けますか？

　　船旅に　出られるようで　そのために　お待ちです

アンティフォラス兄

　　今ここに　持ち合わせの金　ありません

　　それに　これから　町で用事が　あるのです

　　どうかこの方　我が家へと　お連れして

　　ネックレス　持参して　請求書の額　支払うように

　　直接　妻に　言ってください

　　その頃に　私も帰宅　できるかも　しれません

アンジェロ

　　では　ネックレス　ご自分で　奥さまに

　　お渡しに　なりますか？

アンティフォラス兄

　　いや　妻の所に　お持ちください

　　間に合わないか　分からないので …

アンジェロ

それなら私 お持ちしますが … 今 お持ちです？

アンティフォラス兄

いや あなた お持ちの はずだ
そうじゃないなら 代金は 払えないので
しずしずと お帰りを

アンジェロ

いえ どうか お願いだから ネックレス お渡しを
風の流れも 潮目も 良くて
出航の 準備整い この方を 待ってます
私のせいで こんなに遅く なってます

アンティフォラス兄

何てこと！ こんな言い訳 考え出して
ヤマアラシ亭 来る約束を 破ったことを ごまかすのかい？
ネックレス持ち 来なかったこと
こっちが文句 言うべき立場
それなのに そっちから 口論を 吹っかけるのか！

商人2

時間の無駄だ 早くして 頂けません?!

アンジェロ

せっつかれてるの お分かりでしょう さあ ネックレス
お出しください

アンティフォラス兄

ネックレス 妻に渡して 代金を 取り立てたなら
それで済むこと

アンジェロ

何とまあ?! たった今 渡したばかり そうでしょう

ネックレス そのものか 受領書か もらえます?

アンティフォラス兄

まだ言うか! もう いいかげん ふざけるの やめにしろ

さあ ネックレス どこなんだ 頼むから それ 見せてくれ

商人2

仕事があって グズグズしては いられない

（アンティフォラス兄に）お支払い なさるのか⁉

なされないのか⁉

なされないなら この人を 役人に 引き渡します

アンティフォラス兄

支払いと?! 何の支払い⁉

アンジェロ

私が作った ネックレスの 支払いですよ

アンティフォラス兄

ネックレス 手渡して もらった後で

支払い義務は 生じます

アンジェロ

手渡したでしょう 半時間前

アンティフォラス兄

もらっていない その言いがかり 耐えられん

アンジェロ

それはこちらの 台詞です ひどいこと おっしゃいますね

このことは 信用に 関わることだ

商人2

しかたない ではお役人 この人を 逮捕して もらえます?

獄吏

承知した 公爵の 名において 逮捕する

アンジェロ

このことは 私の名誉に 関わることだ

支払いに 同意するのか

しないなら あなたのことを 逮捕して もらいます

アンティフォラス兄

受け取ってない 品物の 支払いをしろ?

僕のこと 逮捕する?!

バカな奴! やれるものなら やってみろ!

アンジェロ

手数料です お役人 この男[15]逮捕して くれません?!

こんなにも 公然と 糾弾されて 黙ってなんか いられない

兄弟で あったとしても 許せない

獄吏

訴えにより 逮捕する

アンティフォラス兄

保釈金 払うまで 命令に 従おう

(アンジェロに) よく聞くがいい ふざけた真似は 高くつく

---

15 イギリスでは、18世紀になって「巡察隊」というイギリスの警察
  制度の基本が確立するまでは、自警団的な警備組織しかなかった。

店内の　貴金属 みんな集めて 弁償させて やるからな

アンジェロ

　　エフェサスに　法というもの ありますからね
　　恥ずべき行為　処罰されると　信じています

　　（ドローミオ弟　登場）

ドローミオ弟

　　旦那さま　エピダムナムへ　船が出ますよ
　　船主が　来るのを待って　出航だとか
　　私らの　船荷はみんな　船に運んで ありますからね
　　油や香油　ウイスキーなど
　　船出の準備　整って　風向きも良く
　　船主と　旦那さまとを　待つだけと

アンティフォラス兄

　　何だって?!　気でも触れたか⁉
　　この横柄な 召使いめが！
　　エピダムナムの 船がこの僕 待っている？

ドローミオ弟

　　船出のために　見つけてこいと 言われた船で…

アンティフォラス兄

　　この酔いどれめ　ロープを買いに 行けと言ったぞ
　　その目的や 使い道さえ 教えただろう

ドローミオ弟

70

さっさと首を 括れって ことでしょうけど
でも 言われたことは 港に行って 船を探せと …

アンティフォラス兄

このことは 後でじっくり 嫌というほど 話して聞かせ
僕の言うこと しっかりと 聞かないと
痛い目に 遭うことを その耳に 教えてやろう
今すぐに エイドリーアナの 所へ走り
この鍵を 手渡して
トルコ製 タペストリーが 掛けてある 机の中に
金が入った 財布あるので
それをすぐ 届けるように 言ってくれ
その理由 僕が今 逮捕され
保釈金 必要だとも つけ足して
さあ早く 走るのだ！
お役人！ では 牢獄に 入ります 保釈金 届くまで
（商人 アンジェロ 獄吏 アンティフォラス兄 退場）

ドローミオ弟

エイドリーアナ！ ランチを食べた 所だな
ドデカイ女 おいらのことを
夫だと 言い張った 所でもある
ラッキーなほど デカすぎて
おいらの腕じゃ 抱けっこないし 嫌だけど 行かないと
召使いの身 ご主人の おっしゃるままに
働かないと いけないからな　（退場）

アンティフォラス兄の家の一室

（エイドリーアナ ルシアーナ 登場）

エイドリーアナ

　ああ ルシアーナ！

　あの人が あなたのことを そのように 誘惑したの？

　真面目な顔で はっきりと そんなこと 言ったのですか？

　「Yes」なの？「No」なのですか？

　その顔は 紅潮させて？ 蒼ざめて？

　悲しげに？ 楽しげに？

　その状況を 目視して あの人の 心の中の 流れ星

　お顔の中で どちらの方に 向かったの？

ルシアーナ

　まず最初 お姉さまには お兄さま 夫と呼ぶ 権利などない

　そうおっしゃって …

エイドリーアナ

　私のことを 妻ではないと 言うつもりだわ ひどい話よ！

ルシアーナ

　それにこうも 言われたわ

　「僕はこの地に 馴染んでない」と

エイドリーアナ

　　誓ってそれを 言ったのね
　　「離縁ができる ものならば」って

ルシアーナ

　　そのときに お姉さま 弁護して この私 言ったのよ

エイドリーアナ

　　それで返事は どうだった？

ルシアーナ

　　お姉さま 愛してあげてと 言ったなら
　　お兄さま 私の愛が 欲しいと言われ…

エイドリーアナ

　　あなたの愛を 得るために
　　どのように 口説こうと したのです？

ルシアーナ

　　結婚の 正式な 申し込みなら 心揺すぶる 話しぶり
　　まず最初 私の美貌 誉めそやし
　　次に私の 話し方 賞賛されて…

エイドリーアナ

　　おべっかでも 使ったの？

ルシアーナ

　　お願いだから どうか気持ちを 落ち着かせてよ

エイドリーアナ

　　落ち着いてなど いられない
　　黙ってなども いられないわよ
　　たとえ心が 落ち着こうとも 私の口は 勝手にしゃべる

不格好で ひねくれて 年寄りで 干からびて
顔の形が 崩れ果て 体など ガタガタで
あんな人 どこもかしこも ボロボロで
堕落して 粗暴で馬鹿で どんくさく 思いやりなく
体の形 変形し 心など 形も何も
あったものでは ないからね

ルシアーナ

そんな人なら 嫉妬すること ないんじゃないの？
いなくなっても 嘆き悲しむ ことないわ

エイドリーアナ

ああ こんなにも 言葉で彼を 貶（けな）しても
私は彼を 良く思ってる
ほかの女性の 目にだけは ひどく見えて ほしいのだから
タゲリ[16]という鳥 巣から離れて 鳴くという
私の口は 呪ってるけど 心の底は 祈っているの

（ドローミオ弟 登場）

ドローミオ弟

さあ 大変だ！ 机だ！ 財布！ 奥さま 早く お急ぎを！

16　警戒心が強く、河川や湿地帯、水田に生息する冬鳥。敵を警戒し、巣を守るため離れてから鳴く。生まれたての時には警戒し(?)、卵の殻を頭に載せて走る。『ハムレット』で伝令役であるオズリックの描写にタゲリが出てくる。

74

ルシアーナ

何でそんなに 息を切らせて いるのです？

ドローミオ弟

息せき切って 走ったのです

エイドリーアナ

ご主人は どこなのですか ドローミオ

ご機嫌は どうなのですか？

ドローミオ弟

機嫌など 良くないですね

煉獄の 牢獄に 入っています 地獄より ひどいかも

不滅の服で 身を固めてる 悪魔が一人

旦那さま 捕まえました

硬い心に 鋼鉄の ボタンをはめた 奴ですよ

情け知らずで 狂暴な 悪魔か鬼だ

狼か いや よりひどい 牛の皮着た ゲスな奴

友達のよう 肩を叩いて 逮捕する

狭い路地 曲がりくねった 小路など 通行を 禁止する

獲物とは 逆方向に 走っていても

匂い辿って 追い詰める 猟犬で

審判の 下る前 哀れな魂 地獄に落とす 嫌な奴

エイドリーアナ

一体あなた どうしたの？

ドローミオ弟

どうなってるか 分かりませんが 逮捕されたの 確かです

75

エイドリーアナ

逮捕ですって？ 誰の訴え？

ドローミオ弟

そんなことなど よく知りません

でも 逮捕 されているのは 確かです

奥さま 早く 机の中の 金 取り出して

保釈金 持ってきて 頂けません？

エイドリーアナ

ルシアーナ 取ってきて　（ルシアーナ 退場）

驚くわ 私に隠し 負債でも あるのかしらね

ドローミオ弟

負債じゃなくて 硬いものです

ネックレスです ネックレス 音がするのが 聞こえます？

エイドリーアナ

何ですって？ ネックレス？

ドローミオ弟

いえ 違います 鐘の音です

もう 行かないと 旦那さまと 別れたときに 鐘二つ

今はそれ 鐘一つ

エイドリーアナ

時間なんかが 逆戻り？ そんな話は 聞いたこと ありません

ドローミオ弟

どんな「時」でも 獄吏に 会えば 恐れを感じ 逆戻りする

エイドリーアナ

あたかも時が 負債でも 負うかのように？
何ておかしな 理屈なの⁉

ドローミオ弟

「時」なんか ＜破算者＞ですね
機会があると 思っていても
充分な「時」なんて あった例（ためし）は ありません
それに「時」は っきり言って 泥棒ですね
昼夜分かたず こっそり「時」が やって来る
そんな話を 聞かれたことは あるでしょう
もし「時」に 負債があって 盗みをし
道端で 獄吏にと 出会ったならば
一日のうち 1時間ほど 逆戻り したくなるのは 当たり前

（お金を持ってルシアーナ 登場）

エイドリーアナ

さあ ドローミオ このお金 急いで届け
ご主人を すぐここに 連れて帰って きなさいね
ああ 私 辛い思いが 溢れ来て この胸が 潰れそう
安らぎと 不安とで 女心が 揺れ動く　（一同 退場）

公共の場

（アンティフォラス弟 登場）

アンティフォラス弟

　出会った人は 僕にはみんな

　友人のよう 親しげに 挨拶をする

　名前も知られ 呼びかけてくる

　ある者は お金をくれる ある者は 招いてくれる

　また 礼は言われる 商品の 購入の 誘いも受ける

　今さっき 洋服店に 呼び入れられて

　僕のため 買ったシルクの 生地を見せられ

　その上に メジャーで体 測られた

　これみんな 明らかに 目に見えぬ 魔法だな

　ラップランドの 魔法使いが 住んでいるのに 違いない

（ドローミオ弟 登場）

ドローミオ弟

17　主にスカンジナビア半島の北部。フィクションの世界ではサンタ
　クロースの住む所として知られていて、クリスマスには世界各地か
　らフィンランドのサンタクロース宛ての手紙が届く。因みに住所は、
　Santa Claus, Santa Claus's Main Post Office, 96930 Napapiiri, Finland。

旦那さま お金を持って きましたよ

どうしたのです?!

新しく 着飾った あのアダム どこですか?

アンティフォラス弟

何の金?! アダムとは 何なんだ?

ドローミオ弟

エデンの園の アダムではなく 牢獄番の アダムです

放蕩息子 もてなすために

殺した牛の 革ジャンを着た 奴のことです

背後から 堕天使のよう 忍び寄り

人の自由を 奪い取る 男です

アンティフォラス弟

何の話か 分からんな

ドローミオ弟

分からない? バス・ヴィオール[18]の 楽器のように

皮の服着て 道端で 紳士が疲れ しゃがんでいると

休ませてやると 逮捕して

破算した人 見つけたら 哀れんで 囚人服を 着せる奴

ムーア人持つ 槍などを 使うことなく

警棒で 手柄を立てて 安楽に 暮らす奴

アンティフォラス弟

---

18 イギリスでは、ヴィオラ・ダ・ガンバと言われる 16 ～ 18 世紀の
ヨーロッパの楽器。宮廷音楽の楽器で、形はバイオリンやチェロに
似ている。

おまえが言う奴 獄吏だな

ドローミオ弟

はい その通り 見回り組の お偉方

自分の組を 潰そうとする 輩でも 現れたなら

時を移さず 思い知らせて やるお方

人は寝る前 神に祈って

「安らかな 眠りをどうか 与え給え」と

言っているなど 自分では 思っている奴

アンティフォラス弟

なあ おまえ 冗談は ほどほどにしろ

今夜出航 する船は あったのか?

この地から 抜け出せそうか?

ドローミオ弟

何をおっしゃる?! そのことは 1時間前 申しましたが

探検号の 出航が 迫ってたのに

獄吏なんかに 邪魔されて ボロ舟の

「延期号」にと なるでしょう

ほらここに 旦那さまから 頼まれた

天使の金が 入っています

アンティフォラス弟

この男 魔法にかかって いるようだ

この僕も そうかもしれん

魔法の世界に 迷い込んだぞ

神の力で 迷える国から 脱出だ!

（娼婦 登場）

娼婦

　やっと会えたわ 嬉しいわ アンティフォラス

　金細工師に 会ったのでしょう？

　私にくれる ネックレス 今日なのでしょう？

アンティフォラス弟

　サタン 消え去れ！ もう僕を 誘惑するな！

ドローミオ弟

　旦那さま この方 サタンの お嬢さま？

アンティフォラス弟

　そう 悪魔だぞ

ドローミオ弟

　いえ それより悪い 悪魔の親で

　軽い女の 衣服着て やって来て

　言うことは「神様が 永遠に 私を罰し」

　その意味は

　「神様が この私 軽い女に なさってしまい…」

　男にとって 彼女らは 光を灯す 天使に見える

　光の元は 火であって 火は燃える

　そういうわけで 光る女は 燃え盛る

　近寄ると 危険です

娼婦

お二人共に ご機嫌ね

さあ いらっしゃい お口直しの デザートが ありますよ

ドローミオ弟

行かれるのなら 柔らかな 肉が出るかも しれません

長いスプーン[19] 必要ですね

アンティフォラス弟

どうしてなんだ？ ドローミオ

ドローミオ弟

悪魔と食事 するときは 長いスプーン 必要と

諺に ありますよ

アンティフォラス弟

どこかに消えろ！ この悪魔 この僕と 食事だと?!

おまえなど みんなと同じ 魔術師だろう

魔法を使い この僕も おまえなんかは 消し去ってやる

だから去れ！

娼婦

夕食のとき 手渡した ダイヤモンドの 私の指輪 返してよ

そうでなきゃ 約束の ネックレス くれないと …

そうしたら 消えてあげるし 厄介は かけないわ

ドローミオ弟

悪魔の中に 人の爪の 切りくずや

灯心草や 髪の毛や 一滴の血

19　食事の時に相手との距離を取るということ。その意味は「用心する」。

82

ピンやナッツや チェリーの種

欲しがる奴が いるようですが

こいつはもっと 欲どしく

ネックレスなど 欲しがっている

旦那さま 気をつけて

もしそれを 与えたならば 悪魔がそれを 振りかざし

脅しをかけて きたりするかも しれません

娼婦

お願いだから 指輪返すか ネックレス くれるかだから

この私 騙したり しないでよ

アンティフォラス弟

この魔女め！ とっとと消えろ！

さあ ドローミオ 脱出だ！

ドローミオ弟

知ってるよね お嬢さん

孔雀が言うよ 「興奮すると 尾を揺らす²⁰」

（アンティフォラス弟 ドローミオ弟 退場）

娼婦

アンティフォラスは きっと気が 狂ったのだわ

そうでないなら あんな振る舞い するわけないし

あの人が 持っている 私の指輪

40 ダカット するんだからね

20　原典 "fly pride"「孔雀が尾を振ると発情している」という意味。

その代わり ネックレス プレゼントする 約束だった
それなのに 指輪も首輪も 知らない素振り
あの人が 狂ってる
そう思う 理由はっきり あるんだからね
今の激怒の そのほかに ランチのときの 狂った話
門を閉ざされ 自分の家から 閉め出しに 遭ったとか
あの人の 狂気の発作 知っていて
奥さんは 故意にあの人 入れなかったに 違いない
今 この私 取るべき道は ただ一つ
あの人の 家に急いで 行ってみて 奥さんに 言ってやる
あの人が 狂って家に 押し入って 私の指輪 強奪したと
そのやり方が 一番いいわ
40 ダカット そう簡単に 取られるわけに いかないわ
（退場）

第4場

路上

（アンティフォラス兄 獄吏 登場）

アンティフォラス兄

心配は いらぬから 牢破りなど 絶対しない
出るに当たって しっかりと 保釈金 払うこと 約束をする

僕の妻 今日はなぜだか 厄介な 気分のようだ
召使い もたらすはずの 町中の 逮捕の知らせ
そう簡単に 信じないのに 決まってる
受け入れがたい ことだから

（ロープを持ったドローミオ兄 登場）

その召使い やって来た きっと金 持ってきたはず
おい ドローミオ 例の物 言いつけ通り 持ってきたよな

ドローミオ兄

はい ここに これで借りなど 返せます[21]

アンティフォラス兄

だが 肝心の 金はどこ？

ドローミオ兄

金はロープに 消えました

アンティフォラス兄

何だって⁉ 1本の ロープ代 5百ダカット？

ドローミオ兄

そんな高値じゃ 5百本分 このおいら 働きますよ

アンティフォラス兄

何のため 僕はおまえを 家にまで 走らせたのだ⁉

21　原典 "pay them all"「金を支払う／〔門から追い出した者に〕仕返しをする」。

ドローミオ兄

　ロープ買うため 走ったのです

　そのために 戻っても きましたよ

アンティフォラス兄

　そのために 誉めてやる　（ドローミオを叩く）

獄吏

　まあ 落ち着いて

ドローミオ兄

　落ち着いてなど いられませんね 叩かれて …

獄吏

　おい おまえなど 口を慎め

ドローミオ兄

　いえ どうか 手を慎めと 言ってください

アンティフォラス兄

　この ろくでなし センス イカレた[22] 悪党め！

ドローミオ兄

　感覚が イカレてりゃ 叩かれた後

　痛くなど なかったでしょう

アンティフォラス兄

　おまえなど ロバのよう 敏感なのは お仕置きだけだ

ドローミオ兄

　実際 おいら ロバ扱いだ

22　原典 "senseless"「愚かな／無感覚の」の意味。

ロバの耳²³でも 分かるだろうよ

生まれてからは 今の今まで 頂いたもの

旦那さまの 叩く手だけだ

寒いとき 温めるのは 旦那さまの手

暑いとき 叩く手で ゾクゾク震え

眠っていると 起こされるのは その手だし

座っていると 立たされる 外出に 叩き出される

帰宅したなら 手でお迎えだ

おいらの肩に 担うのは 乞食のように 子供だけ

身障者に されたなら

子供背負って 一軒一軒 乞い歩くだろう

アンティフォラス兄

ドローミオ さあ ここに来い 妻があそこに やって来た

(エイドリーアナ ルシアーナ 娼婦 ピンチ 登場)

ドローミオ兄

奥さま ロープの端に ご用心

オウムのように 予言する「ロープの端に 気をつけて」

アンティフォラス兄

まだガタガタと ぬかすのか⁉ （ドローミオを叩く）

娼婦

---

23 原典 "long ears"（ロバのような長い耳）「馬鹿な」、裏の意味「地獄耳」。

どう思います？

ご主人は 気が触れて いませんか？

エイドリーアナ

あの狂暴さ その証拠かも

ピンチ先生 ご祈祷で うちの主人を

正気に戻して 頂けません？ お礼は充分 いたします

ルシアーナ

ああ 燃え立つような 辛辣な目で 睨んでいるわ！

娼婦

見てごらん！ 狂気の発作で 震えているの…

ピンチ

手をお出し くださって 脈をお調べ いたしましょう

アンティフォラス兄

手を出すからな あんたの頬で 調べればいい！

（平手打ちをする）

ピンチ

悪魔よ！ この人に 巣くう汝よ！

聖なる祈禱に ひれ伏して 汝の塒の 地下にある

暗闇に 帰って休め

天に在します 聖者すべての 命令だ！

アンティフォラス兄

黙れ！ 無知な魔術師 黙るのだ！

気は狂っては いないから

エイドリーアナ

　　ああ そうだったなら いいのだけれど 哀れなあなた …

アンティフォラス兄

　　この アバズレめ！ こんな奴らが おまえの客か?!
　　黄色い顔の こんな奴など
　　こっそりと 我が家にて もてなしをして
　　僕を家から 閉め出して 門を閉ざすか⁉

エイドリーアナ

　　あら あなた お家でランチ 召し上がったじゃ ありません？
　　こんなときまで 一体どこに いらっしゃったの？
　　家にいたなら こんな中傷 することもなく
　　恥をかくこと なかったでしょう

アンティフォラス兄

　　家で食事を しただって？ おい ドローミオ 何とか言えよ！

ドローミオ兄

　　本当に お家では 召し上がられて いませんね

アンティフォラス兄

　　門は閉ざされ 僕は閉め出し 食らってたよな

ドローミオ兄

　　もちろん門は 閉ざされていて 旦那さま 閉め出されてた

アンティフォラス兄

　　そこで妻 夫には 悪口雑言 浴びせたか？

ドローミオ兄

　　正真正銘 奥さまが ののしって おられたのです

アンティフォラス兄

キッチンの 女まで 毒づいて 嘲って 侮辱したよな

ドローミオ兄

確かにそれは その通り キッチン女 侮辱した

アンティフォラス兄

そこで この僕 憤慨し その場から 立ち去ったよな

ドローミオ兄

絶対に そうでした おいらの骨が 証人ですよ

それ以来 憤慨の 激しさは 骨身に感じ 痛み入ります

エイドリーアナ

(ピンチに) あのように 違ってる 話にも

調子合せて 慰めて いいのです?

ピンチ

悪いことでは ありません

召使い ご主人の 気質を知って

話合わせて 狂気鎮めて いるのです

アンティフォラス兄

(エイドリーアナに) 金細工師を 買収し 告訴させ

この僕を 逮捕させたな

エイドリーアナ

ああ 何てこと おっしゃるの?!

ここにいる ドローミオ 急いで家に 帰宅したので

あなたを保釈 するために お金は彼に 渡したわ

ドローミオ兄

お金を おいらに?

お志は 嬉しいけれど おいら金など 預かってない

アンティフォラス兄

妻の所に 金の入った 財布を取りに 行かなかったのか？

エイドリーアナ

やって来たので 渡しましたわ

ルシアーナ

お姉さま そうされたこと 証言するわ

ドローミオ兄

神様と ロープ屋が 証人だ おいら ロープを 買っただけ

ピンチ

奥さま ご主人と 召使いには

悪魔しっかり 取り憑いて おりますね

蒼ざめた 死人のような 顔つきで 分かります

二人とも 縛り上げ 暗い部屋に 閉じ込めなさい

アンティフォラス兄

どうして今日は この僕を 閉め出して

金の入った 財布を僕に 渡さなかった?!

エイドリーアナ

あなたのことを 閉め出したりは しておりません

ドローミオ兄

旦那さま 金などは 受け取ってない

でも 閉め出されたの 確かです

エイドリーアナ

偽善者の 悪党だわね おまえの話 二つとも 大嘘よ

アンティフォラス兄

偽善者の アバズレ女！ おまえの話 みんな嘘
忌わしい 連中と 共謀し
この僕を ひどく惨めな 嘲りの 対象に しようとしてる
この僕を 辱め 喜んでいる 偽りの目を
この爪で えぐり出して やるからな

エイドリーアナ

ああ！ この人を 縛りつけ さあ早く！
私には 近寄らせたり しないでおいて！

ピンチ

もっと人手が 必要だ 彼の中 巣くった悪魔 狂暴なのだ

ルシアーナ

気の毒なこと 顔色も 蒼ざめて 病気のようね

（３・４人の男たちが登場し アンティフォラス兄を縛る）

アンティフォラス兄

何だ！ おまえら この僕を 殺す気か⁉
お役人 僕はあなたの 囚人だ
こいつらを 懲らしめて やってくれ

獄吏

まあ みんな この人を 放しなさい
この人は わしの囚人
勝手にどこか 連れて行っては 困るのだ

ピンチ

こちらの奴も 縛るんだ やはり気が 狂ってる

（彼らはドローミオ兄を捕縛する）

エイドリーアナ

機嫌が悪い 獄吏さん

一体あなた どうなさる つもりなの？

哀れな人が 暴力振るい

自分自身を 傷つけようと してるのに

何もせず見過ごすのです？

獄吏

この人は わしの大事な 囚人だ

逃げたなら この人の 借金が わしの肩にと かかるのだ

エイドリーアナ

去る前に この私 その額は 支払って あげましょう

貸し主の 所へと 連れて行っては くれません？

なぜ負債など 生じたのかが 分かったら

今すぐに その額を お支払い いたします

ピンチ先生 どうか夫を 家まで 無事に

送り届けて くださいね

ああ 何て 不幸せな日 なのでしょう

アンティフォラス兄

ああ 何て ひどい女だ！

ドローミオ兄

旦那さま おいらもこれで 道連れに …

アンティフォラス兄

黙ってろ この悪党め！

何で おまえは この僕を 逆撫でるのか?!

ドローミオ兄

悪いことなど 何もせず 縛られて

黙ってなんか いてはだめ

旦那さま 叫べばいいよ 「悪魔の野郎！」って

ルシアーナ

ああ神よ！ この二人 哀れな魂 お救いを！

話す内容 とりとめがない

エイドリーアナ

さあ お連れして

ルシアーナ あなたは私に ついてきて

（ピンチとその連れ アンティフォラス兄

ドローミオ兄 退場）

誰の告訴で 逮捕されたか 言ってください

獄吏

アンジェロという 金細工師だ ご存知ですか？

エイドリーアナ

その人ならば 知っております 負債の額は いくらです？

獄吏

２百ダカット

エイドリーアナ

どうしてそれを 借りたのですか？

獄吏

　ご主人が 注文された ネックレス代 らしいです

エイドリーアナ

　その話なら 知ってます でもまだそれは もらってないわ

娼婦

　ご主人が 怒り狂って 私の店に 来たときに

　私の指輪 取って行き——今もそれ はめてたわ——

　すぐにその後 ネックレス 持っているのを 見ましたわ

エイドリーアナ

　その可能性 ありますわ

　でも私 一度もそれを 見てないわ

　ねえ あなた アンジェロの いる所へと

　私を連れて 行ってください

　こんなことにと なった理由を 知りたいのです

　(抜刀をした剣を手にアンティフォラス弟

　ドローミオ弟 登場)

ルシアーナ

　大変よ！ 二人一緒に 逃げ出してきた！

エイドリーアナ

　剣を抜いてる 助けを呼んで！ また縛らねば…

獄吏

　逃げるんだ！ 殺される

95

（エイドリーアナ ルシアーナ 娼婦 獄吏 退場）

アンティフォラス弟

　魔女どもは 剣を恐れて いるようだ

ドローミオ弟

　走って逃げた あの女 旦那さまの 妻だと言った 奴ですよ

アンティフォラス弟

　セントワ館に 急いで戻り 我らの荷物 取り出して

　身の安全を 守るため 国外へ 逃げ出そう

ドローミオ弟

　今晩の 泊まりはここに いたしませんか？

　危害など 加えられたり することは ないでしょう

　親切に 話しかけ 金までくれる 人たちですよ

　おいらのことを 夫だと 言い張っている

　気が触れた 肉体の デカい山

　それ以外なら みんなとっても 親切ですし

　ここにいて 魔女にでも 変身したい ほどですよ

アンティフォラス弟

　何がなんでも この町を 今夜には 抜け出すぞ

　さあ早くして 荷物をまとめ 逃げ出そう

　（二人 退場）

第5幕

第1場

修道院の前の路上

（商人2 アンジェロ 登場）

アンジェロ

　ご出航 遅らせて 申し訳 ありません

　でも 本当に あの人は ネックレス 受け取ったのに

　嘘をつき そのことを 否定してます

商人2

　この町で あの人の 評判は どんなものです？

アンジェロ

　尊敬されて いる人で

　評判は 良く 信用もあり 人づき合いも とてもいい

　この町で あの人に 並ぶ者など いませんね

　あの人の 約束あれば 財産でさえ 預けることも 厭^{いと}わない

商人2

　お静かに！ 向こうから やって来るのは その人でしょう

（アンティフォラス弟 ドローミオ弟 登場）

アンジェロ

　そう あの人だ 首に 掛けてる ネックレス
　先ほどは 受け取ったりは してないと 言った物
　そばにいて もらえます？ あの人に 直接に 話してみます
　アンティフォラスさま どうしてあなた 私 困らせ
　恥をかかせて スキャンダルなど 起こしておいて
　ネックレスなど 持ってないなど 言明されて
　臆面もなく 今 身につけて いられるのです?!
　告訴とか 恥や投獄 厄介なこと 起こされて
　私の友に 多大なる 迷惑を かけたのですよ
　このトラブルが なかったならば
　今日 すでに 出航されて いたのですから
　私から ネックレス もらったことを
　否定など なされるのです?!

アンティフォラス弟

　もらったと 思います 一度たりとも 否定など していない

アンジェロ

　いえ しましたね 誓って否認 しましたよ

アンティフォラス弟

　その証人は いるのです?!

商人２

　わしの この耳 しっかりそれを 聞き取った

98

　　恥を知れ！ 正直な 人たちが住む この町に
　　おまえのような 人間が いることは 嘆かわしいぞ

アンティフォラス弟

　　そのような 叱責受ける 覚えはないぞ！
　　この悪党め！
　　今ここで 誠実さ 名誉のために
　　おまえさえ やる気あるなら それを証明 してやろう

商人２

　　いいだろう 受けて立つ この盗人め！ 　（両者 剣を抜く）

　　（エイドリーアナ ルシアーナ 娼婦 登場）

エイドリーアナ

　　待って！ この人 傷つけたりは なさらずに！
　　お願いだから 気が触れてるの
　　悪魔か何か 取り憑いて いるのです
　　剣を取り上げ ドローミオも 縛りつけ
　　我が家まで 連れてきて 頂けません？

ドローミオ弟

　　逃げましょう旦那さま 逃げるが勝ちだ
　　さあ中へ 隠れましょう！ 　（修道院の中へ走り込み 退場）

　　（女子修道院長エミリア 登場）

女子修道院長

　お静かに 皆さまよ

　どういうわけで ここに集まり 騒いだり なさっているの？

エイドリーアナ

　気が触れた 哀れな夫 我が家へと

　連れ戻そうと しています

　どうか中へと 入らせて 頂いて

　夫をきつく 縛りつけ 回復の 治療のために 手を尽くします

アンジェロ

　どこか変だと 思ってました

商人２

　剣など 抜いて 申し訳 ありません

女子修道院長

　どれほど長く 気が触れて いたのです？

エイドリーアナ

　今週になってから イライラし 気に病んで いたのです

　でも 今日の 午後までは

　激怒するなど 一度たりとも なかったことで…

女子修道院長

　船の難破で 多くの富を 失ったとか

　親友を 亡くしたとか 不倫の愛では ないのです？

　若い男に よくあることで

　視線があらぬ 方角へ 向いてしまって 気が晴れぬとか…

　ご主人の 嘆きはこれの どれなのですか？

エイドリーアナ

それのどれでも ありません

強いて言うなら 最後のもので

家をしばしば 留守にして 女の家に 向かったりして …

女子修道院長

叱責すべき ことですね

エイドリーアナ

もちろん 私 しましたわ

女子修道院長

手ひどいもので なかったようね

エイドリーアナ

女としての 慎みを 逸脱しない 程度には

手ひどくやった つもりです

女子修道院長

たぶん それ お二人だけの ときですね

エイドリーアナ

いえ 人前も

女子修道院長

それだけならば 効果など 出なかったはず

エイドリーアナ

私たち 交わす言葉は そればかり

ベッドでも 私が強く 責め立てるので

あの人は 眠れないほど

食事時でも 私が強く 責め立てるので

食べ物も 喉を通らぬ ほどまでも
二人だけなら その話だけ 人前でなら ほのめかし
堕落した 邪悪なことと 言い張りました

女子修道院長

それ故に ご主人は 気が変に なられたのです
嫉妬深くて 口やかましい 女の毒は
狂犬に 嚙まれるよりも ひどいもの
ご主人の 眠りなど あなたが立てる 怒りの声で
妨害するから 頭が変に なってきたのよ
あなたの食事 非難の声で 味つけしたら
消化不良を 起こすのは 当たり前
そうなると 血が頭にと 集まって
それが狂気の 発作を起こす 原因と なるのです
ご主人の 気晴らしが 口論で 台無しに なったとか
心地良い 気晴らしが 阻害されると
その結果 ふさぎ込み 憂鬱となり
不愉快で 安らぎのない 絶望が 待ってます
そこにいるのは 蒼白い 病気の群で
ご主人の 命に狙い 定めてすぐに 襲ってきます
食事 気晴らし 命の糧の 眠りなど
奪われたなら 人であれ 獣であれ 気が狂います
要するに あなたの嫉妬 その激しさが
ご主人の 精神の バランスを 崩したのです

ルシアーナ

102

お兄さまが ラフで粗暴で 乱暴な ときでさえ

姉はただ 穏やかに 諭すだけです

お姉さま こんなにひどく 叱責を受け

抗弁は なぜされないの？

エイドリーアナ

院長さまの お話を 伺ってると

自分自身の 戒めに なるのです

さあ皆さま 中に入って どうか主人を 捕まえて くださいね

女子修道院長

いえ なりません 修道院の 中に入るの 禁じます

エイドリーアナ

では 召使い お集めになり

主人をここに 連れ出して 頂けません？

女子修道院長

それさえも なりません

ご主人は この場所を 聖域として 逃れた身です

あなたには 引き渡すこと できません

ご主人を 私の下で 正気に戻るか やってみて

無駄に終わるか 分かりませんが…

エイドリーアナ

私が夫に 寄り添って 看護しますわ

それが大事な 妻の務めで ございます

私以外の 人になど してほしく ありません

お願いします 夫を連れて 帰らせて くださいね

女子修道院長

　ご辛抱 なさいまし

　私には 適切な 治療方法 あるのです

　健康な 体を作る シロップや 薬や祈り

　それで ご主人 健全な 心身を 取り戻される はずですが

　それを試して みるまでは お返しは できません

　それこそが 私が立てた 誓いの一つ

　聖職者 行うはずの 慈悲のお勤め

　それ故に ご主人は 私に任せ お帰りなさい

エイドリーアナ

　夫をここに 残しては 帰る気は ありません

　夫と妻を 引き離すなど 聖なる方の

　なさることでは ないでしょう

女子修道院長

　お黙りなさい お渡しは できませんから お帰りを！

　（女子修道院長 退場）

ルシアーナ

　人の道には 背く行い 公爵に 訴えましょう

エイドリーアナ

　さあ 行きましょう

　公爵の 足元に ひれ伏して 涙と祈り それにより

　公爵に ここにまで 来て頂いて

　あの人を 取り戻すまで 立ち上がること ないでしょう

商人２

日時計の影 そろそろ 5 時を 指す時刻

公爵が ここを通って 修道院の 堀の向こうの 憂鬱の谷

死の悲しみの 処刑場へと 行かれるはずだ

アンジェロ

どんな理由で?

商人 2

尊敬に 値する シラクサの 商人が

うっかりと この入江にと 入り込み この町の 法に触れ

その罪で 公開処刑と なったのですよ

アンジェロ

ほら やって来た その処刑 見ることに しましょうか

ルシアーナ

公爵が 修道院を 通られる前 跪き 嘆願したら どうかしら

(一連の者を引き連れた公爵 帽子を被っていないエイジーアン 処刑人 役人たち 登場)

公爵

もう一度 公共の場で 宣誓いたす

この者のため 定められたる 金額を

支払う者は いないのか?!

支払われたら この者に 恩赦を与え 助命はいたす

エイドリーアナ

偉大なる 公爵さま!

正当な お裁きを！ 修道院長 告訴します

公爵

あの方は 高潔で 立派な婦人

訴えられる ようなこと なさるとは 思えない

エイドリーアナ

偉大なる 公爵さま アンティフォラスと この私

公爵さまの お導きにて 結ばれて

私は彼を 主人とし 仕えてました

それなのに 今日という日に 恐ろしい 狂気の発作

彼の心に 襲いかかって

町中で 彼は突然 大暴れ

連れにしている 召使いまで 狂ってしまい

町の人には 大迷惑を おかけして

他人の家に 押し入って 指輪 宝石

好き放題に 何でも奪う

一度縛って 家にまで 送り返して

その間 あちらこちらで 彼の狂気が もたらした

迷惑の 後始末 しようとしてた そのときに

どういうわけか 分かりませんが

捕らえた者の 縄の目を かいくぐり

狂ってる 召使い 共々に 私たち 見つけるとすぐ

激怒して 抜き身の剣を 振りかざし

襲ってき 追い立てました

私たち 助け得て また縛ろうと したのです

そうしたら この二人 修道院へ 逃げ込みました
追いかけようと しましたが
修道院の 院長は 門を閉ざして 入れてはくれず
連れて帰ると 申しても 引き渡しては 頂けません
そういうわけで 公爵さま
どうか夫を 引き渡すよう ご命令 お願いします

公爵

あなたの夫 戦のときに よく働いて くれました
あなたが彼と 結婚すると いうときに
できる限りの 恩恵を 与えると 王として 約束をした
そこの者 修道院の 門を叩いて
院長を ここに来るよう 申し伝えよ
今すぐに この件は 決着させて あげましょう

(下僕 登場)

下僕

ああ 奥さま! 奥さま! お逃げください! 危険です!
ご主人と ドローミオ お二人で 女中たち 殴りつけ
ピンチ先生 縛り上げ
火の燃えさしで 先生の髭 焦がし始めて
燃え上がったら 大きな桶で
泥水を ブッかけて 火を消してます
ご主人が 先生に「忍耐」の 教訓を

与えてると 言ってる間
ドローミオは 先生の 頭をハサミで 刈り上げて
道化頭に するように 刻み目を 入れてます
助けをすぐに 呼ばないと
二人はきっと 祈祷師を 殺してしまう ことでしょう

エイドリーアナ

お黙りなさい！ 馬鹿なこと
ご主人と 召使い いるのはここよ
あなたが言った 報告は 嘘なんだから

下僕

絶対に 本当ですよ 奥さま
それを目撃 してからは 息もつかずに ここに来ました
ご主人は 奥さまを 捜して叫び
「ひっ捕まえて 斬りつけて
見られぬ顔に してやる」と おっしゃってます
（奥から叫び声が聞こえる）
お聞きください ほら そこに ご主人の 声ですよ！
奥さま早く！ 逃げてください！

公爵

さあ わしのそば 来るがよい
恐れることは 何もない 矛を構えろ！

エイドリーアナ

何てこと！ 本当に 主人だわ！ ご覧ください
目にも留まらぬ 早業で 動き回るの

たった今 修道院に 逃げ込んだ ところです
それなのに もうここにいる
人間の 知性の限度 超えてます

（アンティフォラス兄 ドローミオ兄 登場）

アンティフォラス兄

公爵さま お裁きを！ どうか正義の お示しを！
戦のときに お命を 助けるために 深手負い
血を流し お仕えをした その功績 鑑みて
今ここで どうか私に 正義の裁き お与えを！

エイジーアン

死の恐れから 頭がどうかしたのでは ない限り
目の前に 見えるのは アンティフォラスと ドローミオ

アンティフォラス兄

そこにいる 女に対し どうか正義を 与えてください
妻として 授かった その女性 暴力振るい 怪我をさせ
それでは済まず この私 侮辱して 名誉に傷を つけました
今日という日に 私が受けた 屈辱は
想像を はるかに超えて いるのです

公爵

事情を話せ そうすれば 正義 与える

アンティフォラス兄

今日 妻は 私を家に 入らせず

我が家にて 不埒な男 連れ込んで

飲んで食べての 大騒ぎ

公爵

それはいかんぞ! そんなこと したのであるか?!

エイドリーアナ

いえ しておりません

妹と 主人と私 三人で ランチを食べて おりました

彼の言うこと 事実では ありません 神に誓って 申します

ルシアーナ

姉が今 言ったこと 真実ですわ

もし そうで ないのなら この私 太陽の光を 避けて

夜は寝ません

アンジェロ

何とまあ よくそんな 白々しい 嘘をつく!

このことに 関しては 狂人が 正しくて 女たち 偽りですね

アンティフォラス兄

公爵さま 冷静に 私は事実 語っています

酒に酔ったり 怒り狂って いるのでは ありません

私が受けた 不正なら 賢者でも 狂ってしまう ことでしょう

そこにいる 金細工師が 妻とグルでは ないのなら

証人に なってくれます

そのときに 彼は私の そばにいました

彼は別れて ネックレス 取りに帰って

バルサザーと 食事した ヤマアラシ亭に 届けると

約束を したのです
食事が終わり まだ来ないので 外に捜しに 出てみると
偶然に 路上で彼と 出会ったのです
そのときは この方と ご一緒でした
ここにいる 嘘つきの 金細工師は
この私 見たこともない ネックレス
もう渡したと 言うのです
その物件で 彼は獄吏を 呼びつけて 私を逮捕 させました
私はそれに 従って
召使い 保釈金 持って来るよう 言いつけて
家に帰して やりました
ところがですね 召使い 金を持たずに やって来たので
獄吏には 家に同行 願い 歩いて いるところ
帰路の途中で 妻と妹 邪な 共謀者らの 一群に
出会ったのです
そのほかに ピンチという名の 貧相な 悪党が おりました
痩せ衰えた イカサマ師 その日暮らしの 街頭芸人 占い師
物欲しそうに 目が窪み 鋭い目つきの 生ける屍
このような 不吉な男 祈祷師の ふりをして
私の目 覗き込み 脈を取り 顔とは言えぬ その顔で
「汝 悪魔に 取り憑かれてる」 そう叫んだのです
そこでみんなが 一斉に 襲いかかって
我らを縛り 担ぎ上げ
二人とも 縛られたまま 暗く湿った 穴倉に

投げ入れられて 放置され

縄を歯で 食いちぎり ようやく自由を 取り戻し

公爵さまの 下にとすぐに 駆けつけた 次第です

どうかこの 悪行非道 それに対して

厳罰に 処すように お願いします

アンジェロ

公爵さま この方が お家では 食事せず

閉め出されたの 証言します

公爵

だが ネックレス どうなのだ？ 渡したか？ 渡してないか？

アンジェロ

渡しています

修道院に 走り去るとき ネックレス つけているのが

はっきりと 見えました

商人２

それに加えて「ネックレス 受け取った」

そう言われたの 私の耳が しっかりと 聞いてます

市場では 最初そのこと「もらってない」と 否定したのに…

それ故に 私は剣を 抜きました

そうしたら あなた達 修道院に 逃げ込んで

そこからは 魔法か何か 知らないが

それを使って 出てきたのです

アンティフォラス兄

女子専用の 修道院の 壁の中など

一度たりとも 入ったことは ありません

それに あなたが 私に向かい

剣を抜いたり したことも 一度たりとも ありません

ネックレス 見たことも 一度たりとも ありません

どうして あなた この僕に 真っ赤な嘘を 押しつけるのか?!

公爵

何とまあ 奇々怪々な 告訴だな！

おまえ達 みんな皆 キルケの酒を 飲んだのじゃ ないのかね

修道院に 入ったのなら ここになど いるわけがない

気が触れて いるのなら

理路整然と 訴えるのは 無理だろう

おまえ達 家で彼とは 食事をしたと 言っている

金細工師は そのことを 否定している

おまえはこれを どう思うのだ?!

ドローミオ兄

公爵さま ご主人は そこにいる 女の人と

ヤマアラシ亭で 食事など なされましたが…

娼婦

その通りです

その上に 私の指から 指輪を取って 行ったのよ

アンティフォラス兄

---

24 ギリシャ神話の魔女。薬草に通じていて、キュケオーンという
　 ドリンクを魔法を使い調合し、人間を自由自在に家畜や怪物に変え、
　 破滅させた。

本当のこと これがその 指輪です

公爵

おまえは彼が 修道院に 入るのを 見たのであるか？

娼婦

公爵さま 今見てるほど 確かにそれは 見てました

公爵

これは不思議だ 院長を すぐここに 呼びなさい

（従者 退場）

おまえらみんな 呪われてるか 気が狂ってる

エイジーアン

偉大なる 公爵さま 一言ここで 話す許可 頂けません？

運が向いたか 保釈金 支払って 私の命 救ってくれる

知人をここに 見つけました

公爵

シラクサの人 何なりと 話すがよいぞ

エイジーアン

あなたの名前 アンティフォラスで ありません？

召使いの名 ドローミオ？

ドローミオ兄

ここしばらくは 縛られていて 飯などは 食ってない

ご主人が おいらの縄を 嚙み千切り

解いてくれて 助かった

今はもう どこから見ても 召使い ドローミオ

エイジーアン

114

　　二人とも しっかりと 私のことを 思い出すはず

ドローミオ兄

　　あなたのことで 自分らのこと 思い出したよ

　　あなたみたいに 縛られていた

　　もしかして あなたピンチの 患者です？

エイジーアン

　　どういうわけで 知らない素振り するのだい？

　　よく知っている 仲だろう

アンティフォラス兄

　　初対面です

エイジーアン

　　別れてからの 嘆き 悲しみ 私を変形 させたのだ

　　気苦労の 「時の手」が 私の顔に 醜い皺を

　　書き込んで しまったからだ

　　でも わしの声なら 聞き覚え あるだろう？

アンティフォラス兄

　　いや それもない

エイジーアン

　　ドローミオ おまえもか?!

ドローミオ兄

　　ありません 本当ですよ おいらには…

エイジーアン

　　絶対に 覚えてるはず！

ドローミオ兄

でも 旦那さま 絶対に 覚えてません
本人が 否定すること どんなことでも 信じなくっちゃ

エイジーアン

わしの声 分からない⁈

時というもの 残酷に わしの声

ひび割れさせて 潰したか！

この７年の 心労で 一人息子の

アンティフォラスで さえもまた

調子狂った しわがれ声の 中に潜んだ

わしの音色が 聞こえない！

たとえ今 深い皺に 刻まれた

わしの顔 命の泉 凍らせる

降りゆく雪に 凍てついて

血管に血が 流れなく なろうとも

人生の夜 残された 記憶など 後わずか

消えゆくランプ おぼろげな 残照が あるだけで

遠くなった この老いた耳 かすかに音が 聞こえ来る

老いさらばえた 感覚の 証人たちが

囁いている 間違いはないと

おまえはわしの 息子であって アンティフォラスだ

アンティフォラス兄

一度も私 父親に 会ったことなど ありません

エイジーアン

知ってるだろう シラクサで 分かれたの

116

ほんのわずかの 7 年前だ

わしのこと こんな惨めな 姿して

引き回されて いることで 父などと 認めたく ないのだな

アンティフォラス兄

公爵も この町で 僕を知る すべての人も

そうではないと 証人と なってくれます

シラクサへ 行ったことなど ないのですから

公爵

シラクサの 商人よ 20 年間 このわしは

アンティフォラスの 面倒を 見てきておるが

その間 彼は一度も シラクサへ

行ったことなど ないのだからな

老齢と 死の恐怖 相まって ボケが進んで きたのかも …

(女子修道院長 アンティフォラス弟 ドローミオ弟 登場)

女子修道院長

偉大なる 公爵さま 大変な目に 遭われた方を ご覧ください

(一同集まり 二人を見る)

エイドリーアナ

私には 二人の夫 見えるのですが これは目の 錯覚かしら

公爵

どちらかが もう一方の 守護神でしょう

それに加えて こちらの二人

117

どちらが人で どちらが精霊？ 見分けられない

ドローミオ弟

おいら 本物 ドローミオ

あの男 追い出しを お願いします

ドローミオ兄

おいら 本物

おいらをここに いさせてください

アンティフォラス弟

お父さま？ それとも亡霊？

ドローミオ弟

ああ 大旦那さま！

誰に縛られ なさったか？

女子修道院長

どの方が 縛っても 私がそれを 解きましょう

自由の身にし 再び夫 得ることに！

ああ エイジーアン

二人の立派な 息子を生んだ エミリアと

呼ばれる妻を お持ちでしたか？

ああ もしも その本人の エイジーアンで あるのなら

そう言って そのエミリアに お話しください

エイジーアン

夢でないなら おまえはわしの エミリアだ

エミリアならば 教えておくれ

あの運命の マストにくくり

118

おまえと共に 流された 息子はどこに いるんだね？

女子修道院長

息子も私も ドローミオも

エピダムナムの 人たちに 救われました

でも その後に コリントの 粗暴な漁師 やって来て

ドローミオ 息子共々 さらわれて

私だけ エピダムナムに 残されました

その後 二人 どうなったのか 知りません

私の身 見ての通りと なりました

公爵

この人の 今朝の話は ここからが 始まりだった

そっくりの アンティフォラス そっくりの ドローミオ

海での難破 離れ離れに なり果てたこと

ここの二人が これら双子の 両親なのだ

それが今 偶然に 再会したと いうことだ

アンティフォラス コリントから 来たのだったな

アンティフォラス弟

いえ 違います シラクサからで …

公爵

ちょっと待て 少し離れて 立っておれ 混同いたす

アンティフォラス兄

コリントから 来た者は この私です

ドローミオ兄

おいらもついて 参りました

アンティフォラス兄

　　あの高名な 戦士であって 公爵の 叔父上の

　　メナフォン公に つき従って この町に 来たのです

エイドリーアナ

　　ご一緒に 今日 食事をしたの どなたです？

アンティフォラス弟

　　私です 奥さま

エイドリーアナ

　　主人では なかったの？

アンティフォラス兄

　　それは この僕 否定する

アンティフォラス弟

　　私も共に 否定しますよ

　　奥さまに 夫と呼ばれ

　　妹の この美しい 女性には 「お兄さま」そう呼ばれ

　　（ルシアーナに）あのときに 言った言葉が

　　真実で あることを いつの日か 証明します

　　今 見聞き していることが 夢ではないと 分かった時に

アンジェロ

　　首につけて いらっしゃる ネックレス

　　先ほど私 手渡した ものですね

アンティフォラス弟

　　そうですよ 否定など しませんよ

アンティフォラス兄

このことで 僕を逮捕と 言われたんだね

アンジェロ

そうですね

エイドリーアナ

ドローミオに 保釈金 届けさせたの どうなってたの？

ドローミオ兄

おいら 届けは してません

アンティフォラス弟

あなたから この財布 受け取りました

僕の召使い ドローミオが 届けたのです

我々は 別人の ドローミオに 会っていて

僕は兄だと 兄は僕だと 思われて

こんな間違い 起こったのです

アンティフォラス兄

その金を 父親の 身代金に いたします

公爵

その必要は もうないからな

エイジーアンの 命はわしが 預かった 処刑はしない

娼婦

ダイヤの指輪 返してよ

アンティフォラス兄

もちろんだ 今日はごちそう ありがとう

女子修道院長

公爵さま よろしかったら 修道院に お越し頂き

私らの 身の上話 お聞きください
そしてこの場に いらっしゃる 皆さま方や
今日一日の 間違いで 迷惑を かけられた 方々も
どうか一緒に お越しください
お詫びとし 歓待させて 頂きますわ
今の今まで 33年 生みの苦しみ 味わって
やっと安産 し終えたという 心境の 私です
公爵さま 私の夫 息子たち
同じ日に 生まれた あなた達
新たなる 誕生祝いの 祝宴に お越し頂き
この喜びを 共にして くださいね

公爵

喜んで その祝宴に 預かりましょう

（アンティフォラス兄弟 ドローミオ兄弟以外 一同 退場）

ドローミオ弟

旦那さま 船から荷物 降ろしましょうか？

アンティフォラス兄

ドローミオ 何の荷物を 船になど 載せたんだ？

ドローミオ弟

セントワ館に 置いていた 荷物です

アンティフォラス弟

僕のつもりで 話してるんだ
ドローミオ おまえの主人は この僕だ
さあ中へ 一緒に行こう 荷物のことは 後にして

おまえの兄を 抱きしめて 再会を 祝うんだ！
（アンティフォラス兄弟 退場）

ドローミオ弟

兄さんの 旦那さまの 家の中 太った女 いるだろう
兄さんと 間違って 昼食を 食べさせて くれたんだ
これからは 嫁ではなくて 義姉なんだ

ドローミオ兄

おまえを見ると 弟じゃなく 鏡みたいだ
おいらもちょっと イケメンだ
さあ 祝宴に 行こうじゃないか

ドローミオ弟

兄さんが お先にどうぞ 年功序列

ドローミオ兄

そいつは少し 問題だ どっちのほうが 年長者？

ドローミオ弟

クジでも引いて 決めるかだ それまでは どうかお先に

ドローミオ兄

では こうしよう
おいら達 この世に 一緒に 誕生だ
だから 手に手を取って 仲良く行こう
（ドローミオ兄弟 退場）

あとがき

　七五調訳シリーズも〈No. 8〉になり、ずっと続いた悲劇の重苦しさからも、そして延々と続く長い作品からも逃れるかのように、今回は喜劇を、それもシェイクスピアの作品の中では初期のもので、最も短い『間違いの喜劇』(*The Comedy of Errors*) を選びました。

　読んで頂いた後なので、第3幕第2場の、アンティフォラス弟の質問に対し、ドローミオ弟が肥満の女性ネルをヨーロッパの国々に当てはめて、酷評する場面がありましたね。フランスの箇所を思い出して頂ければ、「額です ヘアーが絡み お互いに 押したり 引いたり」とフランスの王位継承の内乱のことに触れています。

　エリザベス一世は、プロテスタントですから、アンリ四世に援軍を送っています。国際秩序を無視し、自国の利益だけを考えて（ドンバス地方にあるレアメタルのことを裏に含み）領土拡大と、ウクライナ侵略を始めたロシアに対して、援軍ではありませんが、今のヨーロッパの国々が、武器や経済援助をしていることが二重写しになります。

　世界を震撼させたプーチンによる電撃的な侵略が始まったのは、ちょうど七五調訳シリーズ〈No. 1〉の『ヴェニスの商人』を訳している最中でした。現時点では一体〈No. ?〉になったら終結するか、そのめどが立っていません。「正義」

が勝つことだけを信じて、祈り、翻訳を続けることにします。

　政治のことは、これぐらいにして、シェイクスピアの作品の話に戻りますが、いつものように、この作品にも原典があります。それは、古代ローマの喜劇作家プラウトゥスの『メナエクムス兄弟』という作品です。ここに、双子の兄弟が巻き起こす混乱が描かれています。ただし、双子は一組で、シェイクスピアはそれを二組にしています。

　作品の中には、ただ滑稽な笑いだけでなく、アイデンティティの問題、人は他人によって定義づけされること、正気と狂気との違い、その差、基準は何なのか、親子の問題など、泣き笑いの昔の松竹新喜劇、渋谷天外、藤山寛美の絶妙なやり取りが思い出されます。

　主要なテーマは「離れたもの／失われたもの」が神の導きによって「一つ」に戻り、「幸せ」が復活する――家族が本来あるべき姿に立ち返るというものです。悲劇では、幕切れは破壊でした。シェイクスピア最後の作品『テンペスト』にも見られましたが、和解で終わる喜劇はほっとします。喜劇か悲劇か、どちらがいいか、そんな問題ではありません。人の世は喜劇であり、悲劇でもあります。シェイクスピアの作品は、深いところでそれを教えてくれます。この喜劇においても、多くの「学び」があったことと信じています。

最後に、一言。

　初めて訳すことになった笑劇的な喜劇なのに、特技のギャ

グやしゃれが使えなくなってしまいました。先輩でギャグを主体にして訳している方がいらっしゃって、それがシェイクスピアの本文から脱線してしまう箇所がかなり多く見受けられ、訳された本人はギャグやしゃれをこれでもか！と駆使し、してやったりとノリノリ気分で訳されていて、気持ちがいいのは分かるのですが、英語と比較して読んでいる私は、快適とはとても言えない心境に追いやられました。

　これは、『間違いの喜劇』の会話の中に、英語でだじゃれのようなものがふんだんにあるので、その豊富さに合わせて、日本語で同じ調子でなされたものなので、必ずしも「間違い」とは言えないものです。でも、会話の内容がシェイクスピアのものと違っています。「あちらを立てれば、こちらが立たず」といったところでしょうか。英文がなければ、それはそれで楽しめるので、先輩を批判しているわけではありません。

　ただ、私が喜劇作品を書き、それが英語に訳された場合、私の意図とは全く別の意味の台詞がこれほど多く並んでいるのを見たら、愕然とすると思ったのです。では、シェイクスピアは？と考えたなら…。

　今回、しみじみと感じたことは、日常生活においても、きっとギャグや冗談は、TPOや話す相手の心の状況を判断しないと、それが「潤滑油」になるのではなく、逆効果になり、相手とのコミュニケーションの障害になることがあるのではないかということです。

この作品にも次のように書かれています。

アンティフォラス弟

道化とし 親しく話 してやってれば つけ上がり

真面目に僕が 話してるのに ふざけた態度 するんだからな

太陽が 輝いてれば うるさいハエも 遊べばいいが

陽が陰ったら 壁の隙間に 引っ込んでいろ

もし僕に 冗談が 言いたけりゃ

僕のムードを 測ってみ 顔つきを見て

振る舞い方を 決めること

そうしないなら おまえのド頭に このやり方を 叩き込む

　私も、悲劇作品に変なギャグを入れて、もう『マクベス』も『リア王』も本になっていますし、『ハムレット』は最終段階に入ってしまっているのに、できるなら、その箇所を削除したい心境になって、落ち込んでいるところです。

　もうしてしまったことはしかたがないので、今後、シェイクスピアのギャグやしゃれだけは、（英語のしゃれをそのまま日本語にするのは非常に難しいことですが）それを何とか努力してやってみて、できない場合には、注をつけ、その説明をすることにし、日本語に訳す中で、日本語としてのしゃれが頭に浮かんだときは、それはシェイクスピアのものではないので、極力、使わないことに決めました。

　今回の『間違いの喜劇』は自分のシェイクスピアの作品の

訳し方の「間違いに」気づかされる大きな転換点になりました。これからは、"play（遊び）"ではなく、まじめにシェイクスピアの作品の翻訳にかかることを、ここに誓約いたします。

　いつもながら、ますます風格が身についてこられている風詠社社長の大杉剛さま、優しい笑顔でサポートしてくださっている牧千佐さま、私の古びた日本語を現代の日本語に修正し、完璧に編集して頂いている藤森功一さま、細かい点までしっかり校正をして頂いた阪越ユリ子さま、そしてミミズのような文字の原稿を老眼鏡を掛け、裏路地のいかがわしい八卦見のように天眼鏡を駆使し、パソコンに打ち込んでくれた生涯のパートナーである藤井翠さまに感謝申し上げます。

著者略歴

今西 薫

京都市生まれ。関西学院大学法学部政治学科卒業、同志社大学英文学部前期博士課程修了（修士）、イギリス・アイルランド演劇専攻。元京都学園大学教授。

著書

『21世紀に向かう英国演劇』（エスト出版）

『*The Irish Dramatic Movement: The Early Stages*』（山口書店）

『*New Haiku: Fusion of Poetry*』（風詠社）

『*Short Stories for Children by Mimei Ogawa*』（山口書店）

『*The Rocking-Horse Winner & Monkey Nuts*』（あぽろん社）

『*The Secret of Jack's Success*』（エスト出版）

『*The Importance of Being Earnest*』〔Retold版〕（中央図書）

『イギリスを旅する35章（共著）』（明石書店）

『表象と生のはざまで（共著）』（南雲堂）

『詩集 流れゆく雲に想いを描いて』（風詠社）

『フランダースの犬、ニュルンベルクのストーブ』（ブックウェイ）

『心をつなぐ童話集』（風詠社）

『恐ろしくおもしろい物語集』（風詠社）

『小川未明&今西薫童話集』（ブックウェイ）

『なぞなぞ童話・エッセイ集（心優しき人への贈物)』（ブックウェイ）

『この世に生きて　静枝ものがたり』（ブックウェイ）

『フュージョン・詩&俳句集 ―訣れのPoetry ―』（ブックウェイ）

『アイルランド紀行 ―ずっこけ見聞録―』（ブックウェイ）

『果てしない海 ―旅の終焉―』（ブックウェイ）

『J. M. シング戯曲集 *The Collected Plays of J. M. Synge* (*in Japanese*)』（ブックウェイ）

『社会に物申す』純晶也［筆名］（風詠社）

『徒然なるままに ―老人の老人による老人のための随筆―』（ブックウェイ）

『「かもめ」＆「ワーニャ伯父さん」―現代語訳チェーホフ四大劇Ⅰ―』（ブックウェイ）

『New マジメが肝心 ―オスカー・ワイルド日本語訳―』（ブックウェイ）

『ヴェニスの商人』―七五調訳シェイクスピアシリーズ〈1〉―（ブックウェイ）

『マクベス』―七五調訳シェイクスピアシリーズ〈2〉―（風詠社）

『リア王』―七五調訳シェイクスピアシリーズ〈3〉―（風詠社）

『テンペスト』―七五調訳シェイクスピアシリーズ〈4〉―（風詠社）

『ちっちゃな詩集 ☆魔法の言葉☆』（風詠社）

『ハムレット』―七五調訳シェイクスピアシリーズ〈5〉―（風詠社）

『ジュリアス・シーザー』―七五調訳シェイクスピアシリーズ〈6〉―（風詠社）

『オセロ ―ヴェニスのムーア人―』―七五調訳シェイクスピアシリーズ〈7〉―（風詠社）

＊表紙にあるシェイクスピアの肖像画は、COLLIN'S CLEAR-TYPE PRESS（1892 年に設立されたスコットランドの出版社）から発行された *THE COMPLETE WORKS OF WILLIAM SHAKESPEARE* に掲載されたものを使用していますが、作者不明のため肖像画掲載に関する許可をいただいていません。ご存知の方がおられましたら、情報をお寄せください。

『間違いの喜劇』七五調訳シェイクスピアシリーズ〈8〉

2023 年 9 月 18 日　第 1 刷発行

著　者　　今西　薫

発行人　　大杉　剛

発行所　　株式会社 風詠社

〒 553-0001　大阪市福島区海老江 5-2-2

大拓ビル 5 - 7 階

TEL 06（6136）8657　https://fueisha.com/

発売元　　株式会社 星雲社

（共同出版社・流通責任出版社）

〒 112-0005　東京都文京区水道 1-3-30

TEL 03（3868）3275

印刷・製本　　小野高速印刷株式会社

©Kaoru Imanishi 2023, Printed in Japan.

ISBN978-4-434-32577-9 C0097